Rainer Hannemann

Moritz kriegt die Krise

Für
Uschi und Kristian

Rainer Hannemann

besuchte die Kölner Schauspielschule im »Theater der Keller«, spielte und schrieb Kabarett für das »Senftöpfchen« und »Die Machtwächter« in Köln, die »Münchner Lach- und Schießgesellschaft« und viele andere.
Er verfasste Drehbücher für den WDR und feiert heute Erfolge als Texter und Regisseur am Kölner Arkadas-Theater mit dem türkischen »Putzfrauen-Kabarett«.
Der Autor lebt wechselweise im Schwäbischen Backnang und in Köln. »Moritz kriegt die Krise« ist sein erster Roman.

Rainer Hannemann

Moritz kriegt die Krise

Mit Zeichnungen von
Birgit Schössow

Arena

In neuer Rechtschreibung

1. Auflage 2002

Einband- und Innenillustrationen: Birgit Schössow
Gesamtherstellung: Westermann Druck Zwickau GmbH
ISBN 3-401-05383-3

Inhalt

Weiber!

»Dein Hinterrad ist los!«, brüllt Philip nach vorn und tritt dabei wie ein Besessener in die Pedale seines Mountainbikes. Moritz hat zehn Meter Vorsprung herausgestrampelt und stellt auf Durchzug. Den Trick kennt er.

»He! Dein Hinterrad macht bald die Fliege, Mann!« Philipp ist schon ein bisschen im Stimmbruch und hört sich an wie eine verrostete Trompete. Moritz brettert weiter hochkonzentriert durch die Massen, die sich über die Kölner Rheinufer-Promenade schieben. In abenteuerlichen Kehren umkurvt er die erschreckten Spaziergänger, die aus vollen Lungen hinter ihm her schimpfen. Bevor sie noch einmal Luft holen können, kommt schon Philip angestochen und sie können gleich weiterzetern. An diesem Bilderbuchsonntag hat es alle vor die Tür gelockt. Und so wimmeln schwitzende Jogger, türkische Großfamilien und knipsende Japaner bunt durcheinander.

Philip versucht es ein letztes Mal: »Hin-ter-rad«, brüllt er so laut er kann. Moritz wird unsicher. Sollte das doch kein Trick sein? Kurz schaut er sich um – großer Fehler! Er wird scharf abgebremst und landet auf dem Bauch eines dicken Anatoliers, der sich stracks auf den Hintern setzt und kein sehr erfreutes Gesicht macht.

»Verarscht!«, jubelt Philip und braust an ihm vorbei. Moritz muss sich erst wieder aufrappeln und kurbelt dann wie besessen hinter dem Mistkerl her. Sein blondes Stoppelhaar glitzert im Sonnenlicht und in seinem rot angelaufenen Gesicht tanzen ihm seine zehntausend Sommersprossen auf der Nase herum.

Ziel der Biker-Hatz ist die Rennbahn. Keine Radrennbahn: die Pferderennbahn, Eingang A, vor der Eisbude. Wer zuletzt kommt, den bestraft das Leben mit einer Portion Vanille zu eins fünfzig für den Sieger, und Moritz kämpft verbissen um sein letztes Taschengeld. Hilft aber alles nichts. Philip tritt zum Endspurt in die Pedale wie Jan Ullrich in den Pyrenäen. Wird Erster und lässt einen Urschrei fahren wie Tarzan an der Liane. Moritz muss in den sauren Apfel beißen, den Mutter Helga ihm als Wegzehrung aufgedrängt hat und den er eigentlich Philip als Trostpreis zugedacht hatte. Währenddessen lutscht Philip genüsslich an Stracciatella und Vanille und grinst mit der Maisonne um die Wette.

»Wenn dieser fette Scheich mich nicht gebremst hätte, wär ich dicke Erster geworden!«, behauptet Moritz.

»Seit wann stehst du eigentlich auf Muselmänner?«, will Philip wissen.

»Tu ich ja gar nicht.« Moritz ist immer noch sauer.

»Aber du fliegst drauf!« Philip kann's nicht lassen.

»Der war so breit wie 'n Seeelefant. Ich hätte dich mal sehen wollen, Angeber!«

»Ich bin da lässig drumrum gekommen.« Philip genießt seinen Triumph. Und zeigt sich großmütig. »Ich hab noch 'n Euro übrig. Teilen wir uns ein Erdbeer?«

So was findet Moritz von seinem Freund wieder mal echt cool. Seit seine Mutter vor fünf Jahren mit ihm nach Köln-Weidenpesch gezogen ist, ist Philipp sein bester Kumpel. Gleiche Straße, gleiche Schule, glei-

che Klasse. Siebte in der Realschule. Da sitzen sie nebeneinander. Der eine blond, der andere schwarz.
Philips Vater ist Schornsteinfegermeister, und als hätte der Beruf seines Alten auf ihn abgefärbt, ist alles an ihm schwarz: die lockigen Haare, die buschigen Brauen, die Augen und die Hände meistens auch. Dabei kommt so was echt nicht in Frage. Nicht bei Vater Hüllenkremer. Der ist verantwortungsvoll, pflichtbewusst und hat einen wichtigen Militärposten bei der »Nippeser Bürgerwehr«. Das ist ein Traditionskarnevalsverein. Und deshalb wird bei Hüllenkremers zu Hause Kölsch gesprochen. Kölsch kann man auch trinken. Das tun die Hüllenkremers dann in der »Alten Eiche«, wo Moritz' Mutter Helga des Öfteren mal aushilfskellnern muss.
Bei Moritz zu Hause gibt es kein Kölsch. Weder flüssig noch gesprochen. Helga Seidel hat die Schauspielschule besucht und achtet auf ein gepflegtes Hochdeutsch, womit sie ihren Sohn manchmal tierisch nervt. Das ist nicht der einzige Kontrast zwischen Moritz und dem schwarzen Freund – denn der wiegt außerdem einige zehn Pfund zu viel, weil er seine schwarzen Finger nicht von McDonalds & Co. lassen kann. Moritz bekommt nicht so viel Taschengeld in die Finger und bleibt durch die eher bescheidenen Kochkünste seiner Mutter im unteren Mittelgewicht.
»Kriegst nachher in der Eiche 'ne Coke von mir.« Mo-

ritz freut sich auf sein Erdbeer. Doch zu früh gefreut . . .
Gerade kommen nämlich vier Mädels angeradelt. Zwei aus ihrer und zwei aus der Parallelklasse. Sie parken ihre Alu-Teile am Gitterzaun der Rennbahn und gickeln über irgendeinen Quatsch, über den nur Mädchen lachen können. Warum, weiß keiner. Das heißt: Drei Girls lachen, eine kneift die Lippen zusammen: Jenny. Sie hat ihre Zähne mit einer Metallspange eingerüstet und hält sie bedeckt.
»Booh ey, guck dir die an!« Philip ist die Kinnlade heruntergefallen.
»Was soll denn sein mit denen?«
»Die haben ihre Sommer-Fummel rausgeholt. Ist doch ’n obergeiler Look, Alter. Kannste fast alles sehen!«
»Was willste schon sehen bei den bunten Hühnern. Ist doch noch nix dran.«
»Und die Derya? Ist doch echt scharf, die Türkenbraut!«
»Spinnst du, oder was? Klein und rund wie ’n Medizinball.«
»Aber nabelfrei, Mann! Mit ’nem Piercing drin.«
»Ja, und fünf Ringen im Ohr und ’nem falschen Brilli an der Nase. Komm, mach keine Stielaugen, kauf mir lieber ’n Eis!«
Derya knufft gerade der langen Manuela, genannt

Manu, ihre kleine Faust vor die Latzhose und hält sich den nackten Bauch vor Lachen. Mies in der Schule, aber immer gut drauf. Moritz interessiert sich nicht die Bohne. »Hey, spendierst du mir nun das Eis – oder was?« Moritz spürt schon den süßen Geschmack von Erdbeer an seinem Gaumen.
»Nee – wart mal!« Philips Glubschaugen haben sich an irgendwas festgesaugt. »Du, die hat ja schon Brüste!«
»Wer? Wo?«
»Die Jenny – wo wohl, auf dem Rücken, Idiot!«
»Na klar: Die Wespen sind los und haben zweimal zugestochen.«
»Ganz schön scharf.«
»Wer – die Wespen?«
»Die kleinen Dinger da – oh Mann!« Philip ist ganz hingerissen.
Moritz wird ungeduldig. »Jetzt rück schon den Euro raus. Jenny geht mit Tom.«
»Wer sagt das?«
»Wissen doch alle. Sitzt ja auch neben ihr.«
»Wenn er neben ihr sitzt, muss er noch lange nicht mit ihr gehen.«
Plötzlich stehen die Mädchen in einer dicken Staubwolke. Ein langer, dürrer Kerl ist mit seinem Bike herangebraust und legt mit einer scharfen Vollbremsung eine 180-Grad-Wende hin, dass es nur so raucht. Robin, auch aus ihrer Klasse.

»Guck dir den Angeber an!« Philip ist aufgeregt wie ein Rennpferd vor dem Start. »Jetzt macht der auch noch die Zirkusnummer!«
Moritz kann seinen Freund nicht begreifen. Er kennt doch die Mädchen, seit sie auf der Schule sind. Und hat sich mit Moritz zusammen bisher immer über sie lustig gemacht. Und plötzlich kann er seine schwarzen Glubscher nicht mehr von ihnen loskriegen.
Robin macht jetzt die große Kunstshow. Er stellt sich auf den Sattel und lenkt mit einem Fuß Kurven um die Mädchengruppe. Die kreischen rum und klatschen auch noch Beifall! Das ist zu viel für Philips Nerven.
»Was der kann, kann ich schon lange!«, schnaubt er, schwingt sich aufs Rad, reißt den Lenker hoch und fährt nur auf dem Hinterrad auf die bunte Gruppe zu. Natürlich bremst er zu spät ab und landet mit der schüchternen Tine im Gebüsch.
Moritz versteht die Welt nicht mehr. War das wirklich Philip, sein Freund Philip, der dort mit Robin um die Wette vor den kichernden Gänsen Kunststücke vollführt? Lässt ihn einfach hier stehen, ohne das versprochene Erdbeer? Das darf doch alles nicht wahr sein!
»He, Phil, das kostet was!« Derya blitzt den verunglückten Artisten mit ihren falschen Brillis an. Tine sortiert derweil ihre Knochen zusammen.
»Na klar doch – Ehrensache!«, tönt Philips Stimm-

bruch zu Moritz rüber. Und schon kommt die ganze Bande zur Eisbude gerannt. Philip knallt großspurig einen Fünfer auf die Theke und dann lutschen alle Moritz was vor. Robin muss sein Eis natürlich selber zahlen.

»Und wo bleib ich?« Moritz ist jetzt oberstinkig.

»Sorry, my friend ...«, sagt Philip, »... das war meine letzte Knete.«

Moritz macht noch einen letzten verzweifelten Versuch seinen Philip von den verführerischen Schnepfen loszueisen. »Dann lass uns durchs Loch im Zaun auf die Galoppbahn gehen. Das Rennen wird gleich gestartet.«

»Hab heute keinen Bock auf galoppierende Viecher!«, lacht Philip und klopft an Tines Hinterteil rum, obwohl sie gar nicht dreckig geworden ist.

»Du bist wirklich das allerletzte Ar ...« Angesichts der kichernden Tussis verzichtet Moritz auf das Kraftwort. Dreht sich vielmehr wortlos um, schnappt sein Rad und gibt dem Bike von Philip noch einen wütenden Tritt, dass die Speichen nur so wimmern. Weiber! Zu nichts gut, außer alles durcheinander zu bringen! Da konnte er gut drauf verzichten. Aber ewig. Denkt er. Und kratzt die Kurve.

Hallo, erstmal. Hier spricht Moritz.

Cool bleiben, ihr Blindgänger, ihr habt keinen Pupillenknick: Ich spreche. Auf kleine Tonbändchen. Liege euch in den ungewaschenen Horchlappen sozusagen. Dass ihr das jetzt lesen könnt, habt ihr meinem sagenhaften Talent als Nachwuchsmime zu verdanken. Aber davon später.

Tagebuch schreibe ich nämlich keins. Das ist was für Mädchen. Pipifax mit Blümchen. Hab mal in so ein Heftchen reingelinst. Heimlich. Lag da so rum. Im Hallenbad, bei Julias Sachen. Vorne drauf war 'n Teddybär und drinnen stand nur gequirlter Schrott. So von der Sorte wie »18. April. Habe heute ein erstes kleines süßes Schamhaar an mir entdeckt. An ganz geheimer Stelle – kicher, kicher! Ob ich es Alex zeige? Lechz! Aber wenn er es gar nicht sehen will? 3 x seufz!!!«

Ich hab den Rest des Nachmittags damit verplempert, nach diesem Alex zu suchen. Hab leider keinen gefunden. Hätte ihm gern mein Wissen angeboten – gegen Honorar, versteht sich. Was so ein erstes Schamhaar wohl wert ist? Muss mir unbedingt 'ne Preisliste ausdenken, Leute! Könnte man ins Internet stellen: www.pubertätspickel-und-artikel.de. Müsste mir nur noch 'n paar haarige Sachen ausdenken.

Nein, ich spreche meine wichtigsten Erfahrungen auf Band. Mein Leben spricht Bänder, sozusagen. Mein kleines Diktafon habe ich immer dabei. Hosen-

tasche. Wo andere ihr Handy drin haben. Neben anderen wichtigen Dingen wie Taschenmesser, Fahrradschlüssel und Präser. Pariser. Oder Kondome – klar? Die sind aber nur zum Angeben. Echt gebraucht hat sie noch keiner von meinen Freunden. Oder doch? Ha, das wüsst ich aber!

Handy hab ich noch nicht. Helga spendiert mir keins. Kein Geld, angeblich. Muss ich mir wohl selber zusammenschnorren. Aber ich recherchiere. Und quatsche die Bänder voll. Wie die aus dem »Stahlnetz«. Die Oberhauptkommissarin wie heißt die doch gleich – egal – immer den Finger an den Wunden der Toten und in der anderen Hand das Diktierding: »Weibliche Leiche, ca. dreißig, Kopfhaar blond, Schamhaar . . . (schon wieder, heute hab ich's aber damit, also:) . . . Schamhaar dunkel, wahrscheinlich gefärbt (was, das Schamhaar??), mehrere Einstiche im Brustbereich, Schlagwunde am Kopf, Selbstmord eher unwahrscheinlich, aber nicht auszuschließen – fünfundzwanzig übervolle Aschenbecher, Täter könnte Raucher gewesen sein . . .« und schon werden alle männlichen Marlboro-Raucher zwischen Flensburg und Passau zur DNA-Analyse zusammengetrieben, während der Mörder neben der Leiche steht und flennt, weil er der betrogene Exfreund von dem Flittchen ist. Und ohne Diktafon wäre die Ober-Haupt-Bullin total aufgeschmissen und ich auch.

Schließlich will ich mal Schriftsteller werden. Oder Journalist. Am besten beides. Was heißt: ich will? Ich muss! Deutsch ist das einzige Fach, das ich drauf habe. Weil man dafür keine Vokabeln pauken muss und Helga die Regale voller Bücher stehen hat, die man bei uns besichtigen kann, wenn nicht gerade die Wäsche davor hängt. Meistens hängt die Wäsche davor.

Was soll schon sonst aus mir werden? Schauspieler – wie meine Erzeuger? Vergiss es! Da kann ich gleich bei »Brot schmiert die Welt« schnorren gehen. Mir reicht's, wenn Helga, die brotlose Künstlerin, mich zum Textabhören missbraucht. Ich: »Schmeckt dir Wix Suppengrün auch so deliziöööös wie mir, Schatz?« Helga, den Mund voll Suppengrün: »Mumpf, pfum Biobaurrn pfrisch auf'n Tisch!« Dann soll sie die Augen an die Studiodecke verdrehen und ihrem Partner einen Kuss zuwerfen. Sie glubscht also himmelwärts und pustet mir die grüne Pampe in die Fresse. Und das probt sie dreihundert Mal, bis ich aussehe wie ein Suppenhuhn und sie die Rolle trotzdem nicht kriegt, weil sie statt »Tisch« immer »Strich« sagt und der Werbefritze sowieso auf Blondinen steht.

Wenn so ein Band voll gesabbert ist, wird es nummeriert und ins Archiv gesteckt. Das ist die alte Holzkiste, in der früher die Legosteine mal untergebracht waren. Damals, als ich noch das liebe »Moritzi-ritzilein« von Helga war. Im vorigen Jahrtausend also. Bin *jetzt bei Band 83. Wenn ich bei 130 angekommen bin, schreibe ich mein erstes Buch. Das soll keine leere Drohung sein – mach ich in echt! »Dreizehn Jahre und kein bisschen greise«. Dann werde ich als frühreifes Talent berühmt, ziehe durch die Talkshows und bekomme die geilsten Werbeverträge angeboten. In Kohle kann ich dann schwimmen.*

Bis dahin tschüss erstmal. Ihr hört von mir.

Nadine

Dieser Sonntag ist für Moritz noch lange nicht gegessen. Von der Pferdebahn her dröhnt Gebimmel und Geschrei. Aha, jetzt haben sie wohl das Rennen gestartet. In seiner Phantasie kann Moritz sich ausmalen, wie zwei Dutzend Zwerge in bunten Kostümen, genannt Jockeys, ihre edlen Gäule um das lange Oval der Galoppbahn prügeln. »Berechne den Inhalt eines

Ovals, das einen Umfang von 1 800 Metern hat und ...« – oh, Mann! Die Mathearbeit morgen! Und er wollte doch mit Philip ausbaldowern, was es mit der »Multiplikation und Division von Termen« auf sich hat. Aber Philip ist diesen vier Sumpfhühnern auf den Leim gegangen und für ihn gestorben – da könnt ihr sicher sein! Auch wenn das für seine Mathekarriere so ziemlich das Aus bedeuten wird. Na, wenn schon. Moritz schiebt sein Rad in den Hof der »Alten Eiche«. Da wohnt er nämlich. Nicht in der Wirtschaft natürlich. Auch nicht im Biergarten. Neben dran. Im ehemaligen Backhaus. Das hat Werner, der »Eichen«-Wirt, zu einer Dreizimmerwohnung umbauen lassen. Seit fünf Jahren trautes Heim für Moritz und Mutter Helga. Davor hatten sie in Zollstock gewohnt. Am Südfriedhof. Nicht weit weg vom »Theater der Keller«, wo Helga und Moritz' Vater sich vor vierzehn Jahren ... – ja genau! Und um den alten Erinnerungen zu entfliehen, war Helga mit ihm ans andere Ende der Stadt gezogen.

Für diesen Vater interessiert sich Moritz nicht die Bohne. Soll er doch bleiben, wo der Pfeffer wächst. Moritz weiß nur, dass er angeblich Erich heißt und in Zittau Theater spielt. Wo immer das sein mag. Zu Moritz' Geburtstag im April schickt er eine Ansichtskarte mit Osterhasen drauf und zu Weihnachten ein Matchboxauto für Fünfjährige. Helga schiebt dann jedes

Mal den Superfrust und wird leicht hysterisch. Aber irgendwann kriegt sie sich auch wieder ein.
Als Moritz um die Hausecke biegt, knirscht der Kiesbelag unter den Plateausohlen seiner Mutter, die Berge von Kuchentellern, Kaffeetassen und Biergläsern an die Tische schleppt. Am ersten sommerlichen Rennsonntag dieses Jahres herrscht Hochbetrieb. Das aufgeregte Geschrei vom Galoppkommentator, das bis zur »Eiche« herüberschwappt, vermischt sich mit Kommandos wie: »Frollein, zahlen!« oder »Hamse noch Zucker?« oder »Jetz lass endlich dat Bier anrollen!« An diesem ersten Sonnentag ist natürlich der Teufel los. Und Moritz ahnt schon, was jetzt kommt. Da kommt es auch schon: »Moritz, da bist du ja endlich! Komm, hilf mir abräumen!«
Was für eine liebevolle Begrüßung! Aber Helga ist von dem Trubel genervt. Moritz kennt das. Und hilft ihr die leeren Teller und Tassen in die Küche zu tragen.
Herumtollende Kleinkinder, motzende Opas, schimpfende Mütter, gelangweilte Väter – Moritz kämpft sich mit voll beladenen Tabletts durch den Irrgarten. An Tisch 12, direkt unter der dreihundert Jahre alten Eiche, thront Staranwalt Jacoby nebst Family. Er kandidiert für den Stadtrat und muss sich – wohl oder übel – aus wahlkampftechnischen Gründen dann und wann unters gemeine Volk mischen. Frau Staranwältin blickt säuerlich in ihren Pfefferminztee, Oma Nette wedelt

generervt die Wespen von ihrem Bienenstich und am Tischende genießt Prinzessin Nadine die bewundernden Blicke der umsitzenden Männer. Nadine ist erst vierzehn und schon so eingebildet wie ein Sternchen vom Girls-Camp. Sie schiebt den Oberkörper vor, damit alle Welt sehen kann, was ihr enger Trägertop nur mühsam verbirgt. Moritz steht vor dem Tisch und kann von oben in sie hineinblicken.

»Ich denke, Kinderarbeit ist verboten?« Nadines hellbraune Augen blitzen Moritz spöttisch an.

»Ich arbeite nicht – ich spiele!« Moritz spürt, wie er rot wird bis zu den etwas abstehenden Ohren.

»Dann spiel mal ›Abräumen‹, Kleiner. Und bestell gleich noch ’n Erdbeershake für mich.«

Moritz greift nach den abgeernteten Kuchentellern. Warum hat er plötzlich so feuchte Hände? Schon rutscht ihm ein leerer Eisbecher aus den Pfoten und scheppert über die Kiesel.

»Willst du auch noch was?« Halb hinter Nadine versteckt hockt ein schmales Mädchen und schüttelt den Kopf, ohne von seinem Buch aufzuschauen. Ach ja, Nadines kleine Schwester. Wie hieß die noch gleich? Karla? Karola? Ist nicht so wichtig. Moritz muss den gefallenen Becher aufheben und mit roten Ohren abdampfen. Und ärgert sich tierisch über sein linkisches Benehmen. Warum ist er der eingebildeten Ziege nicht über ihr Lästermaul gefahren? Ist doch sonst

selten um einen coolen Spruch verlegen. Lässt sich von diesem hochnäsigen Gymnasiums-Model anmachen! Dabei weiß er zufällig exakt, dass die nur mit Ach und Krach die achte Klasse schafft, weil Herr Papa ihr dreimal wöchentlich Nachhilfestunden spendiert. Aber angeben – ha!
»Ist dir 'ne Wespe in den Hals geflogen?« Der dicke Werner zapft gerade sein 571stes Kölsch. »Oder haste dich in die Kleine da hinten verknallt?«
»Hab keine Kleine gesehen.« Moritz stürzt sich mit ungewohntem Eifer aufs Gläserspülen. Bis die Jacoby-Sippschaft aus dem Garten geschritten ist, lässt Moritz sich draußen nicht mehr sehen.
Irgendwann gegen sieben, als sich das fällige Gewitter schon ankündigt, erscheint Miro. Miro – eigentlich Miroslav, aber wer kann das schon aussprechen – ist vierzehneinhalb und ein richtiger Macker: schwarzhaarig, schwarzäugig, mit zwei Goldkettchen und fünf Fingerringen, großmäulig, unbekümmert und schon mit Kräuselhaaren auf der Bodybuilder-Brust. Weil Miro zwar in Sport sehr stark, in Deutsch jedoch sehr schwach ist und auf Hilfe angewiesen, lässt er sich ab und zu herab, mit so einem Würstchen wie Moritz zwei, drei Worte zu wechseln. Jetzt will Miro ein Bier. Ein echtes, kein »kastriertes«. Und Moritz kann bei ihm Punkte sammeln. Bringt ihm von der Theke ein großes Kölsch, fischt eine leere Flasche »al-

koholfrei« aus dem Abstellkasten, stellt sie neben das volle Glas und alles sieht aus wie vom »Gesetz zum Schutz der Jugend« befohlen. Genau in diesem Moment rauscht vom Himmel der erste mächtige Gewitterguss hernieder und macht Miros Alkoholprobe wieder jugendfrei.
Den Augenblick der Verwirrung, als alles in den Wirtsraum drängelt, nutzt Moritz zur Flucht ins heimische Backhaus. Der Tag ist gelaufen. Ein Sonntag zum Abhaken. Und morgen ist Montag. Moritz denkt an Mathe und schläft trotzdem ein.

Mütter!

Moritz schläft – aber wie! Er wirft sich auf dem Bett hin und her, dass die Federkerne quietschen. Träumt er von dicken Anatoliern? Oder gar von gewissen Wespenstichen, die Jenny neuerdings vorzeigt?
Weit gefehlt. Kommissar Schulte hält ihn im Schwitzkasten. »Gesteh!«, keucht er asthmatisch. »Du weißt die Lösung. Spuck Sie aus!«

Moritz kann nichts ausspucken. Schulte, der seinem Mathelehrer gleichen Namens verteufelt ähnlich sieht, schnürt ihm die Röhre zu.
»Du hast diese unschuldigen Milchmädchen auf den Bruchstrich geschickt! Zähle die Nenner und nenne mir die Zahler!«
Moritz würgt ein gequältes »Uhh-huuh!« aus den Tiefen seines abgeklemmten Luftschlauchs.
»Und komm mir nur nicht mit dem großen Unbekannten! Die Gleichung geht bei mir nicht auf! Wie groß ist X und wo versteckt sich dieser Y? Heraus mit der Sprache, na wird's bald!«
Aus Moritz heraus kommt ein Gequäke, das klingt wie »Ypsixuhu!«
»Du willst mir ein X für ein U vormachen? Daraus wird nichts!« Schulte hat seinen breiten Hintern auf Moritz' Brustkasten platziert. »Rede, sonst subtrahiere ich dir jede Quadratwurzel einzeln aus dem Gehege deiner Zähne!«
Moritz' Rippen quietschen mit den Bettfedern um die Wette. Der Mathe-Kommissar lässt nicht locker. Seine kurzen Wurstfinger klopfen einen wilden Loga-Rhythmus auf Moritz' Stirn. »Ich zähle bis zur nächsten Primzahl. Wenn du bis dahin nicht interpoliert hast, dann rechne mit dem Schlimmsten!«
Moritz schafft es nicht einmal, mit Pi mal Daumen zu rechnen, geschweige denn mit dem Schlimmsten. Dro-

hend schwingt Schulte eine große Glocke über seinem Blondschopf. »Zwei – drei – fünf – sieben – elf – und aus die Maus!«
Moritz' Kopf steckt in einem Glockenturm. Es bimmelt und dröhnt ihm durch die Gehörgänge, dass die Ohren jaulen. Augenblicklich fährt er hoch und sitzt mit einem Mal aufrecht in seinem Bett. Der Wecker! Natürlich. Dieses Marterinstrument. Das rappelt wie zehn Steeldrums und hat bisher noch jeden Flug gegen die Wand heil überstanden. Moritz holt schon aus zum großen Wurf – aber was soll's. Er knallt dem Nervtöter eins auf die Birne und ist wach. Guten Morgen, Moritz.

Es gibt Tage, da sollte man sich das Aufstehen dreimal überlegen. Mindestens. Dazu gehören alle Montage, so wie heute. Noch dazu nach so einem Alptraum. Mathe. Ausgerechnet. Und jetzt auch noch die Klassenarbeit ohne Philips Hilfe – au weia!
»Moooooritz. Aufstehen! Bisschen flott, ich muss zum Vorsprechen!«
Moritz seufzt: »Das heißt heute Casting, Helga!« Oh Mann, die lebte einfach tierisch hinterm Mond.
Helga ist also Moritz' Mutter. Helga Seidel. Steht in den Papieren, die sie ewig sucht, weil sie Künstlerin ist und keine Ordnung gelernt hat. Schon wenn Moritz mal zum Zahnarzt muss, geht's los. »Himmel noch

mal, der Krankenschein, wo ist nur das blöde Ding, ich weiß doch ganz genau, dass ich ihn in diese Schublade . . .«

»Mann, Helga, Krankenscheine sind doch voriges Jahrhundert! Da gibt's jetzt so kleine Scheckkarten. Aus Plastik. Scheine sind mega-out.«

»Plastik? Warum sagst du das nicht gleich? Da brauch ich doch nur hier in der Kommode . . .«, und bis das blöde Ding gefunden ist, hat Moritz längst graue Haare und kann bei der Sozialhilfe dritte Zähne beantragen. Aber seine Mutter kann man sich halt nicht aussuchen . . .

»Mooooritz! Los, aufstehen, viertel nach sieben, ich muss weg und du kommst zu spät zur Schule. Ich hab keine Lust, wieder bei deinem Klassenlehrer vorzusprechen!«

Vorsprechen, vorsprechen – ging es eigentlich um nichts anderes? Wenn Helga so einen Termin vor sich hatte, war sie besonders ätzend. Der Frust war schon wieder vorprogrammiert, wusste Moritz. Seine Mutter war sechsunddreißig und hatte irgendwie den Anschluss verpasst. Raste von Casting zu Casting. Ohne Erfolg.

Moritz quält sich mit ächzenden Gliedern von seinem Alptraumlager, fingert im Bad unter einem Berg von Schminksachen nach Zahnpasta, spritzt sich mutig einige Tröpfchen Leitungswasser ins Gesicht und begutachtet sein Antlitz im Spiegel. Über Nacht haben sich seine Sommersprossen wieder mal verzehnfacht, zwei neue Pusteln unter dem linken Nasenloch grinsen ihn rötlich an, und sein Haar ist vom nächtlichen Rumgewälze wirr wie Helgas Chaos. Er findet das Gel, zwei Hände davon in die Mähne geschmiert, dann kunstvoll nach allen Seiten gezaust, fertig. Moritz schneidet dem Spiegel eine Fratze und fühlt sich für einen abenteuerlichen Montag ganz gut in Form.

In der Küche ist Helga wie eine flatternde Motte zugange. Knallt aus Versehen zwei benutzte Kaffeetassen auf den Tisch und bollert los: »Iss dein Müsli.«

»Morgen erst mal.«

»Morgen? Da hab ich keine Zeit, mein Schatz. Casting.«

»Ich meinte: Guten Morgen, Helga.«

»Helga? Wer ist Helga?«

»Heißt du nicht mehr so?«

»Mum – Mutti – Helga – öfter mal was Neues, also gut. Bin gespannt was dir demnächst noch so einfällt.«

»Wie wär's mit ›Jungfrau Mutti‹?«

»Aus dir wird noch mal ein besonders ekliger Klugscheißer.«

»Alles Erziehungssache.«

Helga hat unterdessen nicht aufgehört, in der kleinen

Küche herumzuhantieren. Ihr Haar ist mit einem Band aus der Stirn nach hinten gebunden. Die weiße Maske der Nachtpaste hat durch das Trocknen Risse bekommen und ihre braunen Augen sind noch von lila Lidschatten umrahmt.

»Machst du neuerdings Frauenboxen?«

»Nein, aber ich kann dir eine schmieren, wenn dir danach ist, frecher Kerl!«

»Schmier mir lieber ein Brot. Aber verwechsle meine Nutella nicht wieder mit einer deiner Farbdosen, die du zum Überschmieren deiner Midlife-crisis brauchst.«

»Du sieh mal lieber zu, dass du deine Schulnotenkrise bewältigst. Was macht übrigens deine Mathematik?«

»›Meine‹ Mathematik? Oh Mann! Riesenspaß, Liebste! Über jede neue Aufgabe könnt' ich mich halb totlachen!« Moritz beißt in sein Nutella-Geschmiere.

Helga schielt zu ihrem Sohnemann rüber. »Deine Socken, Moritz! So kannst du nicht los!«

»Meine Socken? Was soll mit denen sein?«

»Die sind verschieden.«

»Quatsch mit Pommes! Manus Opa ist verschieden und vorgestern zu den Würmern gelegt worden. Meine Socken sind noch höchst lebendig. Solltest mal sehen, wie die nach der Sportstunde qualmen!«

»Verschiedene Farben, Dummkopf! Links rot und rechts grün. Das geht doch nicht!«

»Volle Absicht, Frau Fürsorgerin. Philips Bruder macht gerade den Segelschein. Und in seinem Buch steht: Backbord rot, Steuerbord grün. Damit man sich beim Verkehr zurechtfindet. Ich segle jetzt los. Und brich dir beim Casting nicht die Zunge; die brauchst du noch, um mich schon am frühen Morgen zuzutexten. Ciao!«

Moritz klemmt die Restbestände einer Prinzenrolle unter die Achsel und schwingt sich aufs Fahrrad. Bloß weg von hier und auf zu – Mathe! Au Backe, das sind ja schöne Aussichten!

Ich also aufs Bike und der Mathe-Katastrophe entgegen, Leute! Kaum kurve ich gegen die Einbahnstraße Richtung Neusser, überfallen mich auch schon sämtliche Eisheiligen mit Kübeln voll Eiswasser. Und ich nur im Shirt. Wär ich bloß in der Koje geblieben! Alle Prinzen sind aus der Rolle gefallen und die Schokoladenpampe hat auf meinem Outfit kackbraune Spuren hinterlassen. Im Fahrradkeller der Schule wringe ich erst mal die Klamotten aus.

Auf einmal höre ich aus der hintersten Ecke des Schuppens gurgelnde Geräusche wie aus irgend so'nem Monsterstreifen. Ich mach euch das mal vor, bin doch der geborene Synchronsprecher: »Grooch – Uhha – groch – groch!«

»Ahh-uh, meine Pfßunge!«

»Sssieh raus – Sssei߀e!«

Zwei Stimmen. Grunzen und Schmatzen. Ich schleiche mich durch die lässig hingeschmissenen Drahtesel in die Schlürf-Richtung. Zwei Jammergestalten hängen aneinander. Nicht in liebevoller Umärmelung, eher im Gegenteil: Sie zerren, ruckeln und würgen, ihre Körper wollen voneinander weg, aber es geht nicht. Ihre Gesichter sind unterhalb der Nasen irgendwie aneinander geklebt. Dann kann ich auch erkennen, wer's ist: Jenny und Tom aus meiner Klasse in komischer Verschmelzung.

Ich: »Habt ihr 'ne Tube Uhu verschluckt?«

»Moriiitz! Hilf uns funander!«, singen beide im Duett. Echt kläglich, aber ich stör mich nicht dran und frag: »Oder macht ihr Beißtraining für Kampfknutschen?«

»Lass ßie blöden Späße!« Jenny verdreht verzweifelt die Augen. Etwa so. Ach, vergessen, ihr seht mich ja nicht.

Ich dann: »Bleibt mal schön so in Position – ich hole die Kamera!« Dann tu ich so, als wollte ich abhauen. Ein zweistimmiges Jaulen hält mich zurück. Jetzt rücke ich ganz nah an die beiden Maulhelden heran und betrachte mir die Bescherung.

»Sssein Pierßing!«, krächzt Jenny. »Sssungenspisse!«

»Ihre Sssahnspange!«, stöhnt Tom.

Dann kann ich's sehen: Tom, obercool, hat sich übers Wochenende ein neues Piercing in die Zungenspitze bohren lassen. Dann wollte er es Jenny mal zeigen – das Piercing und überhaupt –, hat wahrscheinlich den ersten Zungenkuss seines Lebens gewagt und ist prompt mit der neuen Metallkugel in Jennys Zahnspange hängen geblieben. Inzwischen war Toms Zunge megamäßig angeschwollen, sodass sie aus ihrem Gefängnis nicht mehr herauskonnte.

»Tu was, bitte!« Jenny fleht mich mit ihren braunen Augen so Herz zerreißend an, dass mir die Knie weich werden. Tut mir schon ein bisschen Leid, die Gute. Obwohl sie selbst schuld ist. Was muss sie dem gepiercten Fleischlappen von diesem Angeber auch den Besuch im Gehege ihrer Zahnspange erlauben?

Ich verspreche Hilfe in Gestalt unseres Hausmeisters Kowalski zu holen - und schon bin ich weg.

Außer Erster Hilfe hole ich natürlich auch noch die komplette 7c samt Matheschinder Schulte, der gerade dabei war, die Bögen für die Mathearbeit auszuteilen.

Im Fahrradkeller ist High Life. So wie jetzt Jenny und Tom mögen sich die Ganoven im Mittelalter gefühlt haben, wenn sie am Pranger standen.

Hausmeister Kowalski packt seinen Werkzeugkoffer aus. Wir, Horrorfilm-erfahren, empfehlen ihm durcheinander den Gebrauch von Kettensäge, Seitenschneider und Trennscheibe, aber er holt eine kleine Kneifzange aus der Kitteltasche, geht damit stracks auf das verdrahtete Pärchen los und knipst mit einer raschen Bewegung Jennys Zahnspange mitten durch. Mann! Hat der das etwa schon öfter gemacht? Der Meister grient und schweigt.

Jetzt muss Jenny erst mal zum Zahnspangenklempner und Tom zum Facharzt für Zungenspiele; die Mathe-Stunde ist schon zwanzig Minuten alt, an die Arbeit nicht mehr zu denken und Schulte kann sich über die verlotterten Sitten der heutigen Jugend bis Unterrichtsschluss nicht beruhigen. Und ich bin an meiner schriftlichen Horrorarbeit glücklich vorbeigeschrammt und um ein mündliches Erlebnis reicher.

Jedenfalls werde ich nie ein Mädchen mit Zahnspange küssen! Falls ich überhaupt jemals küssen sollte. Dieses schmatzhafte Rumgesabbere, wie es neuerdings auf unseren kleinen verschwiegenen Home-Partys in Mode gekommen ist, find ich geschmacklos. Irgendwie. Früher waren wir Jungs unter uns, haben ordentlich abgehangen und uns die Ohren mit Aerosmith oder Rammstein voll dröhnen lassen, während die Mädels in ihrer Kicherecke sich ihre albernen Poesiealben vor die Nase geschoben haben. Jetzt müssen sie sich andauernd gegenseitig an die Lippen gehen. Gehört wohl dazu. Ist aber unter Umständen nicht ungefährlich, wie ihr gesehen habt.

Passt also auf! Ihr hört von mir.

Alles Theater

Warum heißt Moritz eigentlich Moritz? Gute Frage. Gibt es vielleicht einen gleichnamigen Patenonkel, der Millionär ist und ihm später mal sein Vermögen vererbt? Oder einen entfernten Großvater, der ihm seine Fahrradfabrik vermacht? Ja Pustekuchen! Wie das meiste in Moritz' Familienleben ist alles nur Theater.

Helga hat Moritz in einer stillen Stunde die Geschichte seiner Entstehung erzählt. Dabei hatte sie in dem Schuhkarton mit den alten Theaterfotos gekramt und ganz verträumte Augen bekommen. Leider sind diese stillen Stunden äußerst selten geworden. Weil Helga zu viel um die Ohren hat. Sie muss sich vormittags ihre gepflegten Fingernägel an der Kasse bei Aldi ruinieren. Dort hat sie schon zweimal den ersten Preis als »schnellste Kassiererin von Nippes« gewonnen. Moritz fand das super, aber Helga ist darauf kein bisschen stolz.
Damals, also kurz vor seiner Entstehungszeit, war Helga verliebt in Moritz Stiefel. Das ist nicht der Name seines Vaters, sondern eine Bühnenrolle. Aus einem Stück von einem Herrn Wedekind. Das wird leider in der Schule nie gelesen. Obwohl es unter lauter 14-Jährigen spielt. Die pubertieren auf der Bühne, dass die Bretter wackeln, und alles endet ganz tragisch.
Die Abschlussklasse der Schauspielschule probt also »Frühlings Erwachen« von diesem Wedekind. Und ein süßer blonder Kerl namens Erich Tauber spielt den Moritz Stiefel. Das ist der, der sich aus Verzweiflung erst erschießt und später im Stück mit seinem Kopf unterm Arm noch mal aus dem Grab steigt, um ein paar mega-kluge Worte abzusondern.
Helga als junge Anfängerin ist also total verknallt in

diesen Moritz Stiefel auf der Bühne und geht deshalb mit Erich Tauber ins Bett, und als Moritz sich ankündigt, ist beiden werdenden Eltern sonnenklar, dass er Moritz heißen soll, wenn es ein Junge wird. Und tatsächlich wird Moritz ein Junge und heißt folglich Moritz.

Erich Tauber hat nach zwei Jahren Moritz und Helga verlassen und in Bruchsal sein erstes Engagement angetreten. Und da gleich wieder den Moritz Stiefel gespielt. Das ist dann aber das Einzige geblieben, das ihn mit Moritz noch verbindet. Außer der Ähnlichkeit auf den Fotos. Aber die sieht er ja nicht, weil er nie da ist. Helga hat dafür ihren Moritz Stiefel ständig zu Hause. Und im Theatermachen ist er ganz groß. Auch eine Erbschaft.

Hallo, Leute, ich muss mal wieder aus der Schule plaudern.

Zuerst passt mich Philip am Dienstagmorgen vor dem Fahrradkeller ab.

»He, warum holst du mich nicht mehr ab? Wir fahren doch sonst immer zusammen!«

»Ich denk, du interessierst dich mehr für Eis schleckende Suppenhühner!«

»Kann doch den Süßen mal was Süßes rüberwachsen lassen, Mann!«

»Aber mir erzählen, du hättest nur noch einen Euro.

Und dann für die Kichererbsen gleich'n Fünfer springen lassen! Ist echt nicht cool, du Affengesicht!«

»Wer Erfolg haben will, muss investieren!«

»Dann viel Erfolg beim Zinsen-Anknabbern!«

»Anfänger!«

»Blöder Sack«

Seitdem ist erst mal Schluss mit lustig. Ist doch wohl logo – oder? Verräter bestraft man am besten mit Verachtung. Der Schuss ging allerdings nach hinten los. Nicht moralisch gesehen. Aber mathe-strategisch. Wer kann mir jetzt »umgekehrt proportionale Zuordnungen« erklären?

Vielleicht hilft mir ja die neue Sitzordnung in der Klasse. Jenny hat sich nämlich von Tom getrennt. Platzmäßig gesehen. Sie hockt jetzt mit geschwollener Oberlippe, aber ohne Zahnspange, am äußersten rechten Rand unserer ersten Hufeisenreihe. Der untreue Philip ist gleich vorn links neben Tom gerutscht, der von Zungenschmuck vorläufig die Schnauze voll hat. Ständig haben sie was miteinander zu tuscheln. Wahrscheinlich über die Wirkung von Wespenstichen auf die jungmännliche Psyche. Tom kennt sich ja bei Jennys neuen Beulen schon aus.

Muss mich unbedingt nach 'nem neuen mathe-versierten Nebenmann umsehen. Also sehe ich mich um. Schräg hinter mir grinst mich Nazim aus seinen schwarzen Augen an. Der ist ein echtes Ass. Rechen-

künstlerisch betrachtet. Aber rechts und links von ihm lauern bereits Derya und Muhsin auf seine Spickzettel. Und vor ihm erwartet der kleine Cem helfende Einflüsterungen. Türkenverschwörung. Keine Chance für Blondchen wie mich. Da komm ich auch mit Bockwurst aus der »Eiche« nicht weiter, wie bei Philip. Wegen dem Schweinefleisch. Aber die Mathearbeit ist ja nur aufgeschoben. Der nächste Montag kommt todsicher – und dann hab ich wieder ein Problem. Ohne neuen Freund ein großes sogar. Also muss ich Nazim aus seinem Volksverband herauslösen. Irgendwie. Klingt gemein? Nach Berechnung? Na ja, aber bei Mathe ist doch alles Berechnung – oder?

Also sorge ich dafür, dass ich mit Nazim zusammen aus der Schule rausgehe. Draußen hat Tom sich aufgepflanzt.

» Na, du Schleimi . . .!«, kläfft er mich an, ». . . hast wohl gedacht, du kannst dich bei Schulte einschleimen?«

»Vom Schleimen kriegt man 'ne dicke Zunge – und die hast du!«, konter ich ganz gelassen.

»Und du kriegst von mir eins auf die Rübe!« He, Leute, an der Stelle wird es mir dann doch mulmig. Immerhin trainiert der Kerl zweimal in der Woche Taek-Won-Do. Ich versuche wie immer mich mit Witzen aus der Affäre zu mogeln. »Mit vollem Mund küsst man eben nicht, du Zungenakrobat!« Im nächsten Augenblick

springt er mich auch schon an. Ich bin ja nicht sehr groß, müsst ihr wissen. Aber ziemlich wendig. Jedenfalls weiche ich seitwärts aus und wuchte ihm meinen spitzen Ellbogen in die Weichteile. Tom bleibt tatsächlich die Luft weg. Da kommt Nazim angedüst und hält den wütenden Tom auf Abstand.

»Kriegst keine Luft?« Nazim grinst den Tobenden fröhlich an. »Komm, ich mach Mund-zu-Mund-Beatmung bei dir. Darfst mich aber nicht beißen!«

Tom tut, als müsse er kotzen, und schleicht unter dem Gelächter der versammelten Schülerschaft zu seinem Fahrrad. »Dich krieg ich noch!« ist alles, was er mir zukeuchen kann.

Ich mache, dass ich in den Fahrradkeller komme, und hole meinen Drahtesel als Schutz vor weiteren Angriffen.

»Ich ein Stück mitkomm«, ruft Nazim, »sonst du fängst eine dir.«

»Sonst fängst du dir noch eine, meinst du.« Nazim spricht ein Deutsch, dass es die Sau graust. Klar, wenn man zu Hause nur Türkisch palavert. Sein Vater steht mit tausend anderen Landsleuten bei Ford am Band. Seine Mutter bekocht zu Hause seine vier Geschwister auf Türkisch und kauft nur beim Türken auf dem Nippeser Markt. Hat halt nicht jeder – wie ich – bei Wedekind in der Wiege gelegen.

»Gut, du hilfst mir Deutsch, ich sage dir Mathe.«

Bin ich ein Glückspilz, Leute? Am Sonntag erst meinen Freund Philip an die Eislutscherinnen verloren – heute schon einen neuen Nothelfer an meiner Seite. Meine Laune steigt ins Obergeile!

Aber Achtung – jetzt steht auch noch Jenny vor mir und glubscht mich vorwurfsvoll an. »War wirklich oberfies von dir, Moritz.«

Was? Dass ich den Klempner gerufen habe? Die hat Nerven! Ohne mich würden die immer noch zusammenhängen und rumwimmern.

»Dass du Schulte und die ganze Bande geholt hast.« Ihre dicke Lippe ist eine einzige Sprechhemmung. »Hoffentlich passiert dir das auch mal!«

»Keine Bange – ich halt meine Zunge im Zaum!« Immer cool bleiben, heißt meine Devise. Das ist in dem Moment gar nicht so einfach. Kann das Mädchen traurige Augen machen! Eine einzige Anklage. Das halt ich doch im Kopf nicht aus!

»Soll ich noch ›heile heile Schnäuzchen‹ machen?«

»Du bist ein gemeiner Kerl!« Sie dreht sich schniefend um und wackelt davon.

Nazim begleitet mich bis zur nächsten Ecke. »Was hast du gegen Jenny? Die ist doch ganz in Ordnung.«

»Wenn die mich so dämlich anmacht!«

»War auch nicht ganz o. k., was hast du gemacht.«

»Wieso? Ihr habt euch doch alle prächtig amüsiert – oder?«

»Ja, trotzdem – tut mir bisschen Leid, das Mädchen.«

Gott – jetzt drückt der auch noch auf die Tränendrüse! Irgendwie wollen mich heute alle fertig machen.

Aber Nazim liegt noch was anderes auf dem Herzen. »Hab ich ein Problem«, druckst es endlich aus ihm raus.

»Problem? In Deutsch? Das biegen wir schon hin.«

»Mit Jenny. Ich sie gern würde – na ja, du weißt schon.«

»Biste etwa verknallt? In das flache Gestell?«

»Ist nix flach, hat schon bisschen – hier – und hier . . .«

Ja – sind denn plötzlich alle verrückt geworden? Kaum kriegt ein fader Teenie pflaumengroße Beulen ins T-Shirt, fangen die besten Freunde an zu spinnen.

»Die hat aber noch Knutschverbot«, sage ich.

»Doch nicht gleich knutschen – nur so bisschen miteinander gehen – wär echt stark, my friend.«

»Und was soll ich dabei machen? So wie's aussieht, kann sie mich nicht leiden.«

»Vielleicht du sagst mir, was ich kann sprechen. Oder schreiben. So was eben.«

»Mal sehen, was sich machen lässt. Tschüss – bis morgen!«

Jetzt hab ich's aber eilig, Leute! Mir ist da plötzlich eine super Idee durchs Hirn geschossen! Seit zwei Ta-

gen lernt Helga an ’nem Text rum, in dem geht es um Liebesbriefe und Lieder unterm Balkon und so – das könnte . . . – also nix wie nach Hause und nachlesen – Mann, das könnte was werden! Also tschüss – ihr hört von mir!

Pizza Bergerac

So schnell ist Moritz noch nie nach Hause geflitzt. Dort erwartete ihn meist ein Aldi-Schnellgericht, wenn Helga von ihrem Kassenjob schon zurück war. Manchmal musste er sich auch aus der »Eiche«-Küche etwas aufwärmen. Nichts Sensationelles. Aber immerhin. Die armen Kids in Nordkorea waren sicher schlechter dran.

Aber heute wälzt Moritz einen Plan in seinem Stoppelkopf. Und der duldet keinen Aufschub.
Er reißt die Haustür auf und bleibt wie angeschraubt im Türrahmen hängen. Vor ihm am Küchentisch, mit dem Rücken zu ihm, sitzt eine fremde junge Frau. Extreme Kurzhaarfrisur, im Nacken scharf ausrasiert, dunkles Haar mit hyperblonden Strähnen garniert. Sie liest in einem Buch, flüstert mit süßer Stimme altmodische Koseworte in Versform vor sich hin und fuchtelt dazu theatralisch mit grün lackierten Fingern. Als sie sich umdreht, ist es Helga.
»Hey, Mum!« Vor lauter Schreck entfährt Moritz das alte Mutterwort. »Wie siehst du denn aus? Willst du das ›Girls-Camp‹ aufmischen?«
»Guten Tag erst mal, mein lieber Moritz.«
Mein lieber Moritz? Mein lieber Mann! Irgendwas musste passiert sein. Die Küche ist aufgeräumt wie nie, Tassen und Teller tropfen sich im Gestell auf der Spüle aus, der Tisch ist für zwei gedeckt, sogar rote Papierservietten liegen bereit.
»Was ist los? Kommt der Kanzler zu Besuch – oder hat sich das Jugendamt zur Kontrolle angemeldet?«
»Ich hab dein Zimmer aufgeräumt. Da sah's ja schrecklich drin aus.« Helga hat ganz mütterlich glänzende Augen. »Dann war ich beim Frisör.«
»Sieht man.« Moritz hat sich von seiner Verblüffung noch nicht ganz erholt.

»Gefällt's dir nicht?«
»An 'ne ältere Schwester muss ich mich erst noch gewöhnen.«
Helga entnimmt der Bratröhre eine scharf duftende Pizza. Belegt mit Salami, Sardellen und Zwiebeln. Wie Moritz sie am liebsten mag.
»Sag mal: Bist du in Ordnung? Oder soll ich 'n Arzt rufen?«
»Mir geht's blendend, mein Kleiner.«
Moritz lässt seinen Rucksack auf den Holzboden und sich auf seinen Stuhl fallen, Helga gegenüber. Keine Unordnung? Warmes Essen? Gute Laune? Seltsam.
»Spuck's aus, Helga: Du willst was von mir.«
»Wie kommst du darauf?«
»Du betüddelst mich wie – wie eine Mutter.«
»Ich bin deine Mutter.«
»Ist dir das heute spontan eingefallen oder kam's in den Nachrichten?«
»Hör auf zu stänkern und iss!«
»Nicht schlecht übrigens.«
»Was – dass ich deine Mutter bin?«
»Nee – die Pizza. Ich wette, du spannst auf 'ne Gegenleistung.«
»Na ja – eine kleine Gefälligkeit vielleicht.«
»Wusst ich's doch.« Moritz kaut genüsslich an seinem Pizza-Dreieck herum und beginnt sich behaglich zu fühlen. »Also, rück schon raus damit.«

»Nur ein bisschen Text abhören. Das kannst du so gut.«
Hoppla! Ein Kompliment aus Helgas Mund? Da musste was Wichtiges im Gange sein.
»Kriegst auch 'nen Zuschuss zum Taschengeld. Wenn es klappt.«
Aha – das war der Pferdefuß. Bisher hatte nicht viel geklappt bei Helgas Rollenversuchen.
»Nicht nötig, Helga – mach ich gern.«
Das war nicht mal gelogen. Nichts hatte Moritz früher so sehr genossen wie abendliches Stückelesen mit verteilten Rollen zwischen Mutter und Sohn. Sie hatten Kerzen angezündet und komische Hüte auf die Köpfe gestülpt. Da verloren selbst Schiller und Lessing ihre Schrecken. Und Shakespeare konnte er direkt spannend finden. In letzter Zeit war es bei den Texten aber meistens um Werbung für Kloreiniger oder Hundekuchen gegangen. Da hörte der Spaß einfach auf.
»Worum geht's denn?« Moritz ist neugierig geworden.
»Um Cyrano de Bergerac. Erinnerst du dich? Wir haben uns den Film zusammen angesehen.«
Moritz erinnert sich an diesen französischen Schauspieler. Wie hieß der noch gleich? Der im Asterix-Film den Obelix spielt? Dem hatten sie eine riesige Nase aufgeklebt.

»Mit dem Depardieu – stimmt's?«
»Genau.«
»Du willst zum Film?«
»Nicht doch. Ursprünglich ist das ein Theaterstück. Von Edmond Rostand. Ein Drama in Versen.«
»Wie altmodisch.«
»Gar nicht. Wild romantisch. Die Freien Kammerspiele wollen es herausbringen.«
Moritz ist elektrisiert. Dieser Cyrano, also der im Film, der konnte fechten wie der Teufel und heulen wie zwei Schlosshunde. Und dann hat er für seinen Freund, diesem Dämlack von Christian, die schwülstigsten Gedichte verfasst. Damit der die schöne Roxane ins Bett kriegt. Dabei war er selbst total verknallt in die eingebildete Schnepfe. Konnte aber wegen seines langen Riechkolbens bei ihr nicht landen. Moritz denkt an seinen Plan und ist ganz aufgeregt.
»Das ist so was wie Die Schöne und das Biest – oder?«
»So ähnlich.«
»Und du sollst das Biest spielen? Das kannst du bestimmt.«
»Frechdachs! Die Roxane wäre mein Traum.«
»Die ist aber ziemlich jung, liebes Fräulein Mutter!«
»Deshalb war ich ja beim Frisör.«
»Ich les mir den Schmarrn mal durch, Mädel. Ja sagen kann ich dann immer noch.«

Moritz schnappt sich das Textbuch und rennt die Treppe hoch in sein Dachzimmer. Wo immer noch kein Computer steht. Aber wenn alles so läuft, wie er sich das denkt, wird er bald mit seinen genialen E-Mails die Maoris in Neuseeland beglücken. Und so stürzt er sich auf die Lektüre.

Ja gibt's denn so was in echt? Heute ist mein Glückstag, Leute! Zuerst will Nazim bei mir andocken, wenn ich ihm bei Jenny 'nen Stein ins Brett praktiziere. Also denk ich so bei mir, ich könnte diesem Deutsch-Verhunzer ein bisschen Formulierungshilfe leisten. Liebesbriefchen und so. Dann krieg ich dafür die Mathelösungen rübergeschoben. Und schließlich lese ich dieses schauerlich sentimentale Stück vom »Cyrano de Bergerac« – und schon durchzucken die Blitze meiner Genialität mein Superhirn! (Sorry, der furchtbare Stil von diesem triefenden Schmalzbrocken steckt mich schon an).

So weit, so dämlich. Denn der langnasige Trottel macht das alles für lau, wie man bei uns in Köln sagt. Also umsonst. Er ficht und prügelt sich wie ein Berserker durch seine Rolle, dass die Schmachtfetzen fliegen, und sondert dabei so überspannte Verse ab, dass seine Angebetete vor Schreck ins Kloster geht und er mit leeren Händen an seiner langen Nase dreht.

So drehe ich aber nicht durch, girls and boys! Da drehe ich doch lieber mein eigenes Ding. Anscheinend sehen diese verliebten Typen vor lauter Blindheit den Euro nicht. Gut, dass ich nicht verliebt bin. Und also auch nicht verblödet! Aber schreiben kann ich, das behauptet sogar unsere Deutschpädagogin nach jedem Aufsatz von mir. Was also folgere ich daraus?

Passt auf: Nazim ist verliebt – in Jenny. Philip ist verliebt. Auch in Jenny. Kann ja heiter werden. Tom ist ständig verliebt, das wird ein Dauerkunde. Muss mich mit den zwei Letzteren nur wieder versöhnen. Aber Liebe heilt alle Wunden. Ob in der Zunge oder sonst wo. Der dürre Robin macht der schüchternen Tine Glubschaugen und in Nadine sind sowieso alle verknallt. Diese Blindfische! Und ich bin der King. Weil ich nicht blind bin, aber schreiben kann. Und schreiben werde. Für all die Knaben, die da hungern nach Weiblichkeit. Aber nicht für lau: für cash!

Unten wandert Helga durch die Küche und schleudert Hände ringend ihren Text gegen die Ikea-Schränke. Ich aber sitze oben an meiner Preisliste:

Vier-Zeiler, in Jamben	*= 1,50 €*
Vier-Zeiler, in Alexandrinern	*= 2 €*
Vier-Zeiler, in Hexametern	*= 2,50 €*

Ab der vierten Strophe gibt's 10% Rabatt.

Liebesbrief: Pro Zeile	*= 0,5 €*

Ab morgen gehe ich den Jungs an die Börse. Außer Philip. Der kann seine lumpigen Euro in Eis verplempern, bis er schwarz wird, der Ober-Hirni! Ist er ja sowieso schon. Schwarz, meine ich. Und Hirni schon lange!

Jetzt muss ich erst mal runter und Helgas Textströme kanalisieren.

So long – ihr hört von mir.

Wasserspiele

»Angesichts des sommerlichen Maiwetters« wird die Öffnung der Freibäder in diesem Jahr vorgezogen. Statt erst zu Pfingsten darf schon ab diesem Mittwoch geplantscht werden. Da kann Moritz getrost die Hausaufgaben auf den Abend oder überhaupt verschieben und steuert den Fühlinger See an. Zehn Minuten mit dem Fahrrad und schon bietet er inmitten seiner Kumpane seinen bleichen Körper der milchigen Sonne dar. Er wird sich einen Brand holen und seine Sommersprossen vermehren. Aber das gehört dazu.

Der Rasen hinter dem Sprungturm ist Stammplatz der »Realos«. Die »Gymmis« vom Niehler Gymnasium belagern nebenan das Gelände vor dem kleinen Birkenwäldchen und stellen ihre Calvin-Klein-Sonnenbrillen und Chiemsee-Badehosen zur Schau. Sie haben sich um ihre Königin geschart wie ein Bienenschwarm im Stock. Nadine, die Bienenkönigin, thront erhaben auf einem Findling und lächelt huldvoll in die Runde. Sie hat ihre schwellenden Formen in einen viel zu kleinen Bikini gezwängt und zupft aufreizend ihr rosafarbenes Kopftüchlein zurecht. Die Jungs haben Stielaugen und die Mädels sind neidisch. Nadine genießt beides mit einem hochmütigen Lächeln.

Moritz steht am Beckenrand noch unschlüssig herum, als er einen wuchtigen Stoß an seiner hinteren Wölbung verspürt und mit einem uneleganten Bauchplatscher im tiefen Becken landet. Tom hat ihm den Fußtritt verpasst und hechtet gleich hinterher. Moritz hat kaum Luft geschnappt, da liegt Tom schon über ihm und drückt ihn unter Wasser. Moritz zappelt wie ein Lachs an der Angelschnur, doch Tom, der bessere Schwimmer von beiden, hält ihn fest untergetaucht.

Moritz hat keine Chance. Was macht man in so aussichtsloser Lage? Schauspielern, Moritz! Aus dem um sich schlagenden Zitteraal wird urplötzlich ein steifer Stockfisch. Alle Glieder weit von sich gestreckt, treibt er bewegungslos in der Chlorbrühe. Tom bekommt es mit der Angst zu tun und schreit um Hilfe. Der Bademeister bläst mit voller Lungenkraft in seine Trillerpfeife, warum auch immer, und erreicht mit einem kühnen Kopfsprung und in voller Montur die vermeintliche Wasserleiche. Miro kommt zu Hilfe und gemeinsam ziehen sie den schmächtigen, leblosen Moritz-Körper auf den Beckenrand. Der triefende Bademeister will sofort mit Mund-zu-Mund-Beatmung beginnen und bläst dem toten Moritz seinen Knoblauchatem in die Nüstern. Mit durchdringendem Erfolg: Augen auf – und der Tote ist wieder quicklebendig.

»Ich bin okay, Leute. Mir ist nur gerade ’n bisschen schlecht.«

»Das kommt vom Wasserschlucken,« sagt der Bademeister wichtig.

»Nee – von Ihrem Knoblauch.«

Der Meister des Beckens ist beleidigt. »Wo ist der Kerl, der dich untergetaucht hat? Der kriegt sofort Hausverbot!«, schnauft er. Die umstehenden Schüler blicken sich suchend um.

»Hier gibt’s weit und breit keinen Taucher«, meldet

Derya artig. Tom hat sich längst hinter den Sprungturm verzogen.
»Und ein Haus für'n Verbot seh ich auch nicht«, ergänzt die lange Manu.
»Das war sicher nur ein Versehen.« Moritz ist längst von den Toten auferstanden. »Keine Aufregung. Ist ja nix passiert.«
Der nasse Mann in Weiß zuckt mit den Schultern und trollt sich murrend von dannen, um sein Kostüm auszuwringen. Moritz springt hoch. Doch als er spürt, wie zwei weiche Mädchenkörper sich rechts und links an seine Seite schmiegen, zieht er es vor, noch ein wenig den schwachen Patienten zu mimen, hängt seine Arme über die runden Schultern von Derya und Tine und lässt sich willig von ihnen zu ihrem Lagerplatz schleppen.
Königin Nadine gelüstet es nun auch nach einem erfrischenden Bad. Mit genau abgezirkelten Hüftschwüngen wandelt sie zum Schwimmbecken, steigt würdevoll die Badeleiter hinab und lässt sich mit einem wohligen »Ahh« in die Fluten sinken. Um sie herum gruppieren sich wie auf Kommando die Bodyguards vom Gym und beginnen ein neckisches Spiel mit Spritzen und Wasserklatschen. Miro und der dürre Robin geben sich ein kurzes Zeichen und sind schon abgetaucht. Nadine kreischt affektiert mit den plantschenden Girlies aus ihrer Klasse um die Wette. Plötz-

lich ist sie verschwunden. Einfach weg. Wo eben noch ihr rosa Kopftuch leuchtete, ist ein Loch. Die verdatterten Verehrer glotzen erst blöde und beginnen dann hastig mit fuchtelnden Armen die Stelle zu bepatschen, an der Nadine soeben noch Wasser tretend Hof hielt. Es dauert fünfunddreißig bange Sekunden, bis das Gym-Mädel senkrecht aus dem Wasser schießt. Sie hat 'ne Menge Wasser geschluckt und hustet, niest und röchelt aus allen Knopflöchern. Inzwischen haben Robin und Miro ihren Tauchgang beendet und schauen, die Ellbogen über den Beckenrand gehängt, grinsend auf das schnatternde Entenvolk im Fühlinger Bach. Nadine spuckt und schnauft immer noch. Die Augen sind rot angelaufen, Rotz hängt unter der Nase – die Queen ist ganz schön ramponiert.

In der Zwischenzeit sind die Realos nicht untätig geblieben. In Rekordzeit haben sie auf dem Gym-Liegeplatz alle Handys der eitlen Gänse und Gockel eingesammelt und sie an verschiedenen Orten im Gebüsch versteckt. Als die aufgeregt schnatternde Entenschar zu ihren Sachen eilt, sitzen sie längst wieder in andächtigem Kreis beieinander und blicken treuherzig zu den Gymmis hinüber. Der Kinderchor der nahen Salvator-Kirche könnte nicht harmloser erscheinen.

Endlich will ein Gymmi-Kind seine Mammi anrufen.

Und sucht sein Handy, wo keins mehr ist. Da wollen verschiedene Handy-Betreiber ihm mit dem eigenen Apparat beispringen. Doch auch das geht nicht. Die Piepsdinger sind weg. Die Bienen schwärmen aus auf der Suche nach ihrem Lieblingsspielzeug. Nadine kreischt leicht hysterisch. Doch in dem hektischen Durcheinander achtet keiner auf die First Lady.
Der Bademeister hat sich umgezogen und waltet wieder seines Amtes. Ob er ein Handy habe, fragt schüchtern eine Blonde mit Rastazöpfchen. Ja klar, hat er. Ob sie es mal benutzen dürften? Ihre eigenen seien leider verschwunden. »Dat sinn ja auch ›Mobil‹-Telefone! Die sinn eben mobil!« Witzig, der Mann! »Aber dat kostet.«
Ganz verblödet ist er also doch nicht. Das Rastamädchen wählt seine Nummer und durchstreift suchend das Gelände, des Meisters »Mobile« im Anschlag. Es dauert sieben Minuten, bis sie tief in den Büschen sein »Türilürila« erklingen hört. Sie muss sich noch durch Brennnesseln und Äste einen Weg zu dem jaulenden Instrument bahnen. Rote Striemen und Pusteln beweisen, dass das in Bikini nicht gut tut. Der Bademeister hat die Zeit gestoppt und schreibt eine Rechnung.
Ein schlauer Gymmi nach dem anderen findet nun sein teures Teil. Nadine kennt ihr Nummer nicht. Und siehe da: Alle männlichen Mitglieder der

Schwimmgemeinschaft haben Nadines Nummer programmiert. Da fühlt die Schöne sich doch gleich wieder besser!
Für heute haben die Schlauberger die Nase voll und blasen zum Aufbruch. Die Realos sind auch schon weg. Draußen gibt es schließlich auch noch was zu tun. Sie kennen die Fahrräder der Gymmis, die in einem Pulk nebeneinander geparkt sind. Und Moritz besitzt eine große Kette, mit der vor Aldi abends die Einkaufswagen gesichert werden. Jetzt sichern flinke Jungenhände die Bikes der Schönen und Reichen, indem sie die Aldi-Kette sorgsam durch Speichen und Rahmen ziehen. Ein starkes Vorhängeschloss vollendet das fesselnde Werk. Den Schlüssel behält Philip vorsichtshalber bei sich. Dann zischen sie ab in Richtung Eiscafé. Sie hätten noch gern beobachtet, wie sich die lieben Gymmis als Entfesselungskünstler bewähren würden. Aber das wäre zu auffällig. Der Verdacht würde sowieso auf sie fallen. Das tut er immer.
Der gelungene Streich wird mit einer Runde Cola begossen, bevor jeder nach Hause entschwindet. Philip zahlt für Tine. Der Angeber kann's halt nicht lassen.
Ansonsten ist der Tag mal wieder bestens gelaufen, denkt Moritz, als er Helgas vorbereitete Mahlzeit in die Mikro schiebt. Da lässt er sich seine gute Laune nicht durch Hausaufgaben vermiesen und macht sich

nach dem Essen an die Arbeit: Wie zieht man am besten eine Werbekampagne für einen Liebesbriefdienst auf? Kurz nachgedacht und losgelegt. Moritz ist in seinem Element.

Hallo, du Süßer!
Dein Brief war echt schnuckelig!
Früher hab ich dich nie beachtet. Ich hab gedacht, du bist ein totaler Langweiler, lieber G.. Wo du doch die komische Zahnlücke hast und in Englisch 'ne echte Null bist. Dann kam dein Zuckerbrief und ich bin dahingeschmolzen. Wer so geil schreiben kann, muss ein echter Freak sein. Klaro, ich will dich treffen! Um acht Uhr an der Unterführung.
Bussi - N.

Liebster F.!
Du bist ja ein richtiger Romantiker. »Erdbeermund« und »Feengestalt« - ich fühle mich geschmeichelt! Dein Geschreibsel macht mich tierisch an, Mann. Morgen um sechs darfst du mich anmachen. Im Nordpark, auf der dritten Bank hinter der Rotbuche.
♥ ♥ ♥ - Deine V.

Ey, du Wunderei!

Ich habe schon dreizehn Typen ganz cool abserviert. Bisher konnte keiner bei mir landen. Dann fand ich deinen Schrieb im Erdkundebuch. Du wirst der Erste sein, den ich erhöre. Was mein Mund nicht sagen kann, sagen deine Worte.

Ich will dich!

Schreib mir, wann und wo!

Schnell!

Deine

B.-Maus

So, das musste reichen. Halt, stopp, nicht ganz:

Das ist nur ein kleiner Ausschnitt von vielen Dankschreiben, liebe Liebenden! Wollt ihr auch so viel Erfolg bei den Mädels, dann wendet euch an mich. Genauso wie für N., F. und Wunderei schreibe ich auch für euch die romantischsten Briefe an eure Flammen. Preisliste anbei. Kontakte über Briefdienst Moritz Seidel, Realklasse 7b. Beeilt euch! Wer zuerst schreibt, küsst zuerst!

Werbung in eigener Sache ich das Wichtigste beim Geschäft, sagt Werners Frau Hilde immer, wenn sie die Frikadellen mit alten Brötchen veredelt. »Brötchen in Kostüm und Maske«, sagt Helga dann dazu, weil man die Klopse am Theater so nennt. Wie nennt man Dankesbriefe an sich selbst?
Egal. Schnell legt Moritz sein Geschmiere in sein Mathebuch. Hoffentlich war morgen der Computerraum nicht wieder überfüllt. In der Pause würde er das Ganze tippen, dann einen großen Stapel ausdrucken und als Flugblätter verteilen. Boys only – versteht sich von selbst. Sollte doch mit dem Teufel zugehen, wenn daraus nix wird!

Das Leben kann so schön sein! Habe heute meine Flugblätter an die Männer gebracht und dank Nazim die Mathearbeit einigermaßen hingekriegt. Hab ihm gleich als Gegenleistung einen heißen Loveletter für sein Jenny-Mäuschen versprochen. Der Hammer ist: Es gab gleich einen zweiten Auftrag, nämlich von Robin. Ein Briefchen – ratet mal an wen!? Kommt ihr nicht drauf: Auch an Jenny! Na, wenn das kein Spaß wird! Und zu Hause geht's gerade so grandios weiter: Heute kein Aldifutter! Igor lädt mich zum Essen ein.

Igor ist der neue Koch in der »alten Eiche«. Er ist groß, blond und freundlich und kommt aus Kasachstan. Einer von diesen komischen Typen, die irgendwo in der asiatischen Steppe einen Urgroßvater ausgegraben haben, der angeblich aus Mecklenburg-Vorpommern stammt. Deshalb gelten sie als deutschstämmig. Stämmig ist Igor schon, aber überhaupt nicht dick, wie es sich eigentlich für einen Koch gehört. Auf Deutsch kann Igor nur kochen. Hat er in Tiflis in einem Hotel gelernt. Deutsch reden kann er noch nicht. Das soll er hier lernen! Dafür besucht er einen Sprachkurs. Und ich bin ja auch noch da.

»Du zu dünn!«, kann er schon sagen. »Essen wichtig.« Und deswegen lässt er mich heute seine Kochkünste kosten. So sitze ich also in der »Eiche«-Küche und stopfe mir den Bauch mit Vitaminen und Eiweißen voll, damit ich bald einen schön gewölbten Brustkorb kriege, um den ich Miro so beneide. Aber der ist ja auch schon anderthalb Jahre älter und macht Hanteltraining. Wenn ich mal so alt werden sollte, sehe ich bestimmt aus wie Arnold Schwarzenegger und alle Mädels sind verrückt nach mir. Und dann lasse ich sie eiskalt abblitzen. Das wird erst mal cool, boys!

Außerdem habe ich einen Verdacht. Wenn Helga in die Küche kommt, um Rheinischen Sauerbraten zu ordern, läuft Igor regelmäßig rot an und lässt die Pommes anbrennen. Aber Helga merkt nichts, weil sie momentan nicht Helga ist, sondern Roxane. Ständig murmelt sie romantische Satzmonster vor sich hin und hat keinen Blick für den armen Kochtropf, der vor Verlegenheit eine Überdosis Chilipulver in den Gulasch rührt. Echt rührend. Mir soll's Recht sein, so lange seine Verliebtheit durch meinen Magen geht.

Ich nuckle gerade an meiner vierten Coke, als Miro in der »Eiche« auftaucht.

»Ein alkfrei Spezial?«, biete ich ihm gleich an.

Aber Miro hat kein Kölsch im Sinn, sondern Nadine. »Ich brauch deine Schreibe, Alter.« Dabei wedelt er mir mit meinen erfundenen Dankesbriefen vor der Nase rum.

»Lyrik oder Prosa?« Ich bin ganz Geschäftsmann.

»Was ist Brosand?«, will er wissen.

»Mann: gereimt oder ungereimt?«

»Egal, Hauptsache sie wird verrückt nach mir.«

So was Verrücktes. Er hatte sie doch neulich erst mit Robin unter Wasser gezockt.

»Ja, und da habe ich ihre Beine ganz nah gesehen. Und wie die sich anfühlt – oh Mann!« Miro ist total geschafft. »Aber mach schnell, Freundchen. Tom baggert auch schon an ihr rum. Aber der will selber schreiben. Mit dir bin ich im Vorteil.«

»Zwei Euro Schnelligkeitszuschlag. Bis morgen hast du's.«

Miros schönem Brustkorb entringt sich ein tiefer Seufzer. Dann legt er einen Zehner auf den Kneipentisch. Leute, muss der verknallt sein!

»Gib dein Bestes! Du bist mein Freund.«

Seht ihr? So macht man das. Für andere feurig schreiben und selber cool bleiben. Ich mach mich ans Machwerk. Drei Aufträge gleich am ersten Tag. Stark! Ihr werdet noch von mir hören.

Post für Jenny

Die Biostunde am Freitag, dem letzten Schultag vor Pfingsten, ist öde zum Gähnen. Frau Dröge, die auch so aussieht, doziert über die Vermehrung der Einzeller und Moritz kritzelt Verslein in sein Bioheft. Immer in Übung bleiben.
Jenny hat zwei Zettel vor sich liegen und studiert abwechselnd deren Inschriften. Ihr Gesicht ist ange-

strengt, als müsste sie altägyptische Schriftzeichen entziffern. Auf ihrer Nasenwurzel kräuseln sich kleine Fältchen, was ganz niedlich aussieht. Findet Robin, der sie ohne Unterlass von der Seite fixiert. Neben Moritz rutscht Nazim nervös von einer Pobacke auf die andere. Auch er lässt die lesende Schöne nicht aus seinen glühenden Kohleaugen. Der linke Zettel ist seiner. Der rechts muss von Robin sein. Dabei sind beide von Moritz. Nur abgeschrieben. Sonst würde die Schrift ja alles verraten.

Manchmal huscht ein Lächeln über Jennys Gesichtszüge. Dann lächelt auch Robin – und Nazim hört kurz mit dem Gezappel auf. Moritz spielt den Abgeklärten, den das ganze Getue nichts angeht.

Dann geschieht Unerwartetes, ja Unerhörtes: Jenny dreht sich zur Seite und schenkt Robin ein strahlendes Lächeln. Robin durchzuckt ein wohliger Glücksschauer. Triumphierend blickt er zu Nazim rüber, der plötzlich stillsitzt und die Welt nicht mehr versteht. Auch nicht auf Türkisch. Dann hält Jenny lachend Robins Zettel für alle sichtbar in die Luft, zerknüllt ihn mit einer Hand zu einem knittrigen Papierball und schmeißt ihn dem verdatterten Verehrer gezielt an die Wange. Au Backe, das tut weh! Nicht nur im Gesicht – im Herzen gibt es einen scharfen Stich, und Robin ist aus dem Rennen.

Nun ist es an Nazim, hämisch zu grinsen. Moritz bekommt einen begeisterten Schlag auf den Oberschenkel. »Gut gemacht, Kumpel!« Moritz fühlt sich geschmeichelt.

Dann folgt der zweite Akt des Dramas. Mit der linken Hand formt Jenny Nazims Zettel ebenfalls zu einem unförmigen Knäuel und wirft diesen dem armen Türken vor die Füße. Dann wendet sie sich betont lässig ab und widmet fortan ihre ganze Aufmerksamkeit den trockenen Ausführungen der vertrockneten Lehrerin.

Moritz sucht nach einem Mauseloch, in das er sich verkriechen könnte. Offensichtlich waren seine ersten literarischen Ergüsse bei der Kritik glatt durchgefallen.

Nazim und Philip bedenken Moritz mit vernichtenden Blicken. Mist. War das der Schluss der kostenlosen Mathenachhilfe? Die Premiere gestern war so verheißungsvoll gelaufen. Das Leben war so gemein zu ihm. Moritz zuckt nur mit den Schultern. Künstlerpech.

Nach dieser letzten Stunde vor den kurzen Ferien geht's ordentlich zur Sache: »Du schreibender Blindgänger!«, faucht Robin, »kein Mädchen guckt dich an und dann willst du uns vorschreiben, wie man sich in Liebe verdrückt!«

»Ausdrückt«, verbessert Moritz.

»Bist wirklich blutender Anfänger!«, muss Nazim seinen Senf dazugeben.

»An Moritz lag’s nicht«, sagt eine Mädchenstimme hinter ihnen. Jenny. »Schaut euch lieber mal eure Nasen im Spiegel an!« Betretenes Schweigen der beiden verschmähten Liebhaber, ein dickes Fragezeichen bei Moritz. Woher wusste sie, dass er . . .?

»Vielleicht zieht ihr jetzt mal Leine. Ich hab mit Moritz was zu besprechen.«

Unergründliche Wendung des Schicksals: Wenn zwei sich um eine streiten, freut sich der dritte! Moritz weiß gar nicht, ob er sich freuen soll. Schließlich hatte er die Gute bis auf die Zähne blamiert! Und jetzt wollte sie was von ihm? Erhöhte Alarmbereitschaft, Moritz!

Eine Weile geht Jenny schweigend neben ihm und seinem Fahrrad her. Moritz wirft verstohlen einen Blick auf ihr T-Shirt. In den letzten paar Tagen mussten sich die Wespenstiche zur Größe von Tennisbällen entwickelt haben. Er hatte wohl Tomaten auf den Augen gehabt! Die Bällchen hüpften unter dem Shirt munter hin und her. Bricht Moritz deswegen der Schweiß aus? Moritz muss sich schnell ablenken.

»Äh, öhöm, wie kommst du eigentlich drauf, dass ich – äh – mit diesen Zetteln etwas zu tun haben könnte?«

Jenny lacht laut auf. Dann bleibt sie stehen und schaut ihm direkt in die Pupillen. »Hör mal: Nazim kann weder richtig Türkisch noch richtig Deutsch und verhaut jeden Aufsatz. Und dann schreibt er plötzlich,

dass er auf der Liebe Flügeln in die hehren Sphären meiner Aurora schweben will?«
»Aura«, sagt Moritz.
»Siehste!«, lacht Jenny, »du kennst den Text.«
»Hab ihm nur ein bisschen geholfen.«
»Damit er dir in Mathe hilft – stimmt's?«
Scheiße. War er so leicht zu durchschauen?
»Und Robin kann auch besser Kölsch als Hochdeutsch.« Jennys Argumente waren nur schwer zu widerlegen.

»Ach komm doch, du Holde,
mit dir nur wollte
ich schweben von hinnen
mit all meinen Sinnen«,

zitiert Jenny aus Moritz' Werken, »und das von Robin – ha!« Sie lacht wiehernd und ein paar Tauben fliegen erschrocken hoch.
Jetzt ist Moritz doch etwas geschmeichelt. Wenn er auch ahnt, dass sein kurzes Gastspiel als »Cyrano de Bergerac« damit ein jähes Ende gefunden hat. Ein Mädchen – und auch noch ein ziemlich gut aussehendes – so ohne Zahnspange – war ihm auf die Schliche gekommen! Welche Schmach! Und hatte ihn, schlimmer noch, von einer aussichtsreichen Geldquelle abgeschnitten. Er musste sich wohl oder übel entferntere Kunden suchen.

Moritz gibt also zerknirscht zu, dass sein Kuli mit im Liebesspiel gewesen war.
»So an und für sich waren die Zeilen eigentlich ganz schön.« Jennys Stimme hat auf ein Mal einen ganz weichen Klang angenommen. Ob das echt ist?
»Findest du?« Moritz fühlt sich gebauchpinselt, lässt allmählich seine Vorsicht fahren und genießt die Tatsache, dass seine Schreibe bei ihr angeschlagen hat. Hat's bei Moritz etwa eingeschlagen?
»Sehen wir uns nachher am Fühlinger See? Gegen drei bin ich da.« Jenny stippt ihn in die Rippen.
»Wollt ich sowieso hin«, behauptet Moritz.
»Ja dann – bis dann!« Jenny zurrt ihren Rucksack zurecht und biegt links in die Bergstraße ein.
Moritz muss noch einen Moment stehen bleiben und ihrem wippenden kurz berockten Hinterteil nachschauen. Der Schweißausbruch wurde schlimmer und seine Jeans schien plötzlich um die Mitte rum tierisch eng zu werden, was ihn daran hinderte, gleich aufs Rad zu steigen und abzudüsen. Wurde er krank? War eine Sommergrippe im Anzug? Warum fühlte er sich dann aber so wohl in seiner Haut? Hatte ihn doch noch diese seltsame Krankheit erwischt, die Robin, Nazim und alle anderen den Verstand verlieren ließ? Ach was, dummes Zeug! Er freut sich eben auf den Nachmittag im Freibad. Das ist alles – klar? Dabei sieht es schwer nach Regen aus.

Und Jenny? Ach ja, Jenny. Er könnte sich ja am See auf das Handtuch neben sie legen. Nur so. Um die anderen neidisch zu machen. Wäre doch ein super Spaß – oder?

Zu Hause sitzt Helga vor perlendem Sektglas. Hilfe, Leute, hatte ich ja ganz vergessen: Während Cyrano de Weidenpeschs erste Schreibversuche im Leasingverfahren als Schwindel entlarvt wurden, hatte Roxane von Seidel ja ihr Casting! Also hört meine Reportage:

Um sieben Uhr in der Frühe hatte sie die Küche schon in ihr Schminkzimmer verwandelt. Eisern entschlossen, ihr 36-jähriges Muttergesicht in das einer Porzellanpuppe zu verwandeln. Am frühen Morgen schon im Chaos zu ersticken – da soll man nicht die Krise kriegen, Männer!

»Willst du etwa auf den Babystrich, Helga?« Ich muss zugeben, meine Morgenandacht war nicht gerade vom Feinsten. Sie bemühte sich gerade krampfhaft, meterlange Wimpern unter den blauen Lidschatten zu kleben. Voll konzentriert.

»Ich hätte da noch etwas Nutella, falls du braun werden willst.« Im Stehen hatte ich mir ein Brot geschmiert. Auf dem Tisch war vor lauter Farbtiegeln, Schminkstiften und Puderschüsseln kein Platz für die Bedürfnisse eines armen gebeutelten Sohnes.

»Wünsch mir lieber Glück, anstatt mich schon vorher fertig zu machen. Ich bin nervös genug.«

»Übertreib deine Verjüngungskur nicht zu toll, sonst wird dein Partner noch wegen Verführung Minderjähriger verhaftet.«

»Was hab ich nur für ein Monster in die Welt gesetzt!« Helga hatte mich unter schief hängenden Wimpern verschmitzt angeblinzelt. Offensichtlich konnte ich ihr heute Morgen die Laune nicht verderben.

»Meinst du, du schaffst es?«

»Du hast doch klasse mit mir geübt – oder?«

»Dann blamier mich nicht!«

Ich kannte die Theaterbräuche, hatte ihr dreimal über die linke Schulter gespuckt und dabei mein »toi – toi – toi – wird schon schief gehen, Alte!«, ins Ohr genuschelt. Abschiedskuss ging nicht, sonst hätten mich meine Kumpels für 'nen Transvestiten gehalten.

Ich war dann fröhlich abgerauscht und alles Weitere wisst ihr ja.

Jetzt ist also Sekt angesagt. »Darfst auch ein halbes Gläschen probieren – zum Anstoßen, mein Held.« Helga ist immer noch in voller Jungfrauenmaske.

»Hat es sich gelohnt, dass du deinen Damenbart abrasiert hast?«

»Das sagt ein dummer bartloser Hosenscheißer!«

Wir stoßen mit dem Aldi-Fusel an. Das Zeug brennt

wie Schwefelsäure auf der Zunge und ich muss kräftig rülpsen. »Also, wie ist es gelaufen? Erzähl!«

Und Helga erzählt: Im Theaterfoyer warten 14 Roxane-Anwärterinnen auf ihren Auftritt. Keine älter als 28. Außer Helga. Aber die war ja flächendeckend in den Schminktopf gefallen und hat ihr Gesicht im Griff. Die Nervosität steigt. Alle vierzehn Talente tigern auf und ab und flüstern beschwörend dieselben dummen Sprüche. Helga bleibt erstaunlich cool. Sagt sie. Wer jetzt seinen Text noch nicht kann, lernt ihn auch nicht mehr. Und sie hatte ja ihren Moritz gehabt. Prost!

Sie wird als Drittletzte auf die Bühne gerufen. Im Zuschauerraum sitzen die Intendantin, ihre Assistentin, der Regisseur, der Beleuchter und ein paar Leute, die mit einigen der Möchtegern-Roxanes befreundet sind. Haben die doch glatt ihre Groupies mitgebracht!

Der Regisseur mit dem schönen Namen Meinrad von Teweleit kennt Helga von früher. Da hieß er noch schlicht Heinz Müller. Der Künstlername klingt schon bedeutender. »Hallo, altes Haus, gibt's dich auch noch!«, begrüßt er Helga, als sie mit wackligen Knien an der Rampe steht.

Mächtig aufbauend, das!

»Dann woll'n wir mal! Zweiter Akt, letzte Szene. Auf ein neues, Tim!«

Oh Gott! Aus dem dunklen Bühnenhintergrund

schält sich die edle Gestalt von Tim Schweizer heraus. Tim Schweizer, der Star, bekannt von Film und Fernsehen, wird den Cyrano spielen. Ist ja auch 'ne Bombenrolle. Die übrigen Darsteller werden um den Star herumgruppiert und sind nicht wichtig. Wenn Helga nicht schon zitternde Gummibeine hätte, würde sie jetzt wie Butter dahinschmelzen.

»Tim Schweizer, Gott zum Gruß, schöne Maid!«, knödelt der berühmte Mime und streckt Helga seine gepflegte Rechte entgegen.

»Hallo«, haucht Helga und reicht ihm eine triefende Pfote zum Gruß.

Dann geht's auch schon los. Der viel beschäftigte Star muss nun zum zwölften Mal an diesem Vormittag seine Stichworte abliefern und blickt dabei gelangweilt an Helga vorbei. Doch Moritz' Mutter ist voll konzentriert, behauptet sie. Verhaspelt sich nur ein Mal und ist ansonsten hübsch anzusehen. Eine etwas reifere Schönheit. Sie macht ihre Sache gut.

»Sehr schön«, sagt Tim Schweizer.

»Danke«, brüllt Meinrad von Teweleit. Und sie ist erst mal entlassen.

In der Garderobe sitzen dreizehn Konkurrentinnen eng beieinander und beäugen sich eifersüchtig. Auf der Bühne agiert die letzte Kandidatin; aber die ist zu klein und fett und hat keine Chance. Die Damen lästern über ihre Rivalinnen. Helga muss sich spitze Be-

merkungen über gewisse Altersgrenzen und übertünchte Falten anhören und hält sich raus.

Die kleine Fette erscheint, schimpft über Regie führende Machos und den allgemeinen Schlankheitsfimmel, schnappt ihre Sachen und stampft wütend davon. Dann werden weitere Damen aufgerufen und »zu unserem großen Bedauern« verabschiedet. Helga kommt mit Caterina, einer glutäugigen Sizilianerin, und Arzu aus Izmir in die Endausscheidung.

Tim Schweizer hat keine Lust mehr auf weitere Verschwendung seiner Kunst und fläzt sich breitbeinig neben Meinrad in einen Sessel. Die Rollenanwärterinnen treten an zur Einzelkonkurrenz. Caterina bleibt nach zwei Sätzen im Text hängen wie eine Glocke im Kölner Dom. Helga macht alles prima. Arzu schlägt sich auch nicht schlecht, hat aber einen leichten S-Fehler.

»And the winner is – Helga Seidel!« Meinrad von Teweleit zeigt mit dem Daumen nach oben. Tim Schweizer will endlich ein Bier. Und die Intendantin war schon vorher eingeschlafen.

Leute, wir tanzen! Hopsen im Kreis und werfen unsere Sektgläser aus dem Fenster. Leider zerdeppern sie draußen nicht, weil sie aus Plastik sind. Bei Aldi kauft man praktisch! Helga hat ab 15 Uhr Proben, kann also nach dem Kassieren noch lernen und bekommt vierzig Eier pro Probentag. Am 15. Juli soll Pre-

miere sein. In den »Freien Kammerspielen«. Und dann soll es Abstecher in verschiedene Städte geben. Alles kein Problem. Und während sich draußen ein Gewitter zusammenbraut, herrscht in Werners altem Backhaus eitel Sonnenschein.

Helga ist von den Strapazen und dem Sekt geschafft und legt sich erst mal auf der Couch ab. Abends ist sie mit Meinrad von Teweleit verabredet.

»Soll ich dir vorher noch die Falten aus der Stirn bügeln?« Bin echt gut drauf, people! Ist ja auch irgendwie mein Erfolg. Apropos Erfolg! Im Freibad wartet Jenny auf mich. Also auf zu neuen Untaten! Ihr hört von mir.

Ein scharfer Kuss

Als Moritz voller Abenteuerdrang sein Fahrrad aus dem Hof schiebt, braut sich über dem Fühlinger See schon was zusammen. Nur ganz wenige Unentwegte zeigen sich unbeeindruckt von den schwarzen Wolkenungetümen, die sich tief unter einen bleischweren Himmel gehängt haben. Im Umkleidetrakt ist Moritz ganz allein. Als er auf die Wiese hinaustritt, kann er

keinen seiner Kumpels entdecken. Diese Warmduscher! Wenn die wüssten, dass Jenny hier ist, wären zumindest Nazim und Robin vor Ort. Oder hatten sie die Jagd schon aufgegeben? Moritz schnauft verächtlich.
Aber wo ist Jenny überhaupt? Moritz trabt zum Stammplatz. Er erkennt ihr pinkfarbenes Handtuch sofort. Aber keine Jenny. Vereinzelte kleine Menschengrüppchen verlieren sich im weitläufigen Gelände. Der Platz der Gymmis ist verwaist. Keine Sirene namens Nadine, die Loreley spielt. Heute sind die hart Gesottenen unter sich. Moritz lässt die Muskeln an seinem unterentwickelten Bizeps spielen, denkt, dass er unbedingt etwas für seinen Body tun müsste, und fühlt sich trotzdem stark.
Moritz hält weiter Ausschau nach Jenny. Warum eigentlich? Bisher ist er doch ganz gut ohne Mädchenbegleitung ausgekommen. Aber heute ist es irgendwie anders. Er legt sein Handtuch neben das von Jenny, sich selbst obendrauf und richtet seinen Blick in die Wolken.
Als hätten die nur auf sein Kommando gewartet, öffnen sie Knall auf Fall ihre Schleusen und lassen ihr Wasser mit tosendem Platschen auf die wenigen Badegäste herabfallen. Die raffen in kopfloser Hast ihre Siebensachen zusammen und spurten hinüber unter das schützende Dach der Umkleiden. Moritz will ih-

nen nach. Da sieht er eine gelbe Badekappe im Schwimmbecken auf und ab wippen. Jenny zieht im spritzenden Wasser einsam ihre Bahnen.
Jetzt winkt sie: »Komm doch rein, du Knallfrosch, nasser als nass kannste nicht werden!«
Wo sie Recht hat, hat sie Recht, denkt Moritz und lässt sich mit einem mittelprächtig gelungenen Köpfer in den Bach plumpsen. Dann kraulen sie ein bisschen um die Wette. Ziel ist der Sprungturm. Jenny ist als Erste da. Unter dem Ein-Meter-Brett haken sie sich fest.
Beider Atem geht schwer und sie bespritzen sich ein wenig wie die Kindergartenkids beim Ringelpiez. Schließlich ziehen sie sich am Beckenrand hoch, sitzen bald nebeneinander und lassen die Beine ins Wasser hängen. Jennys Schenkel sind schon ganz schön braun.
»Sonnenbank – wie?«, keucht Moritz und stippt mit dem rechten Zeigefinger eine Delle in Jennys Haut.
»Balkonien«, sagt Jenny und schiebt langsam seine Hand weg.
Sie trägt einen einteiligen Badeanzug als zweite Haut. Ein Träger ist über die Schulter gerutscht, und Moritz bemerkt mit Kennerblick, dass das Oberteil auch ohne Träger Halt findet. So sitzen sie eine Ewigkeit schweigend eng beieinander und hören dem Plätschern des Regens zu.

Jenny bricht endlich die Stille. »Meine Spange ist noch nicht wieder drin«, sagt sie leise und schaut Moritz dabei nicht an.

»Kriegste ’ne neue?«, will Moritz wissen.

»Wenn alles verheilt ist« sagt Jenny und leckt mit der Zunge Wassertropfen von den Lippen.

Moritz saugt sich mit den Augen an Jennys Lippen fest. Sein Gesicht folgt den Augen, ihre Nasen können sich schon berühren, und während der prasselnde Regen die Begleitmusik trommelt und in Moritz‘ Badehose die Post abgeht, treffen seine Lippen zum ersten Mal in seinem Leben auf die Lippen eines Mädchens.

So ganz traut er sich nicht. Wagt sich noch nicht weiter vor. Jenny muss die Initiative ergreifen. Mit der linken Hand zieht sie seinen Kopf zu sich heran und presst ihren Mund ganz fest auf den zitternden Moritz-Mund. Fester! Viel zu fest!!

Mit einem Aufschrei fährt Moritz zurück. Fast wäre er ins Wasser gekippt. Mit der Hand hält er sich die Oberlippe, sein Gesicht ein einziges Bild von Schmerz und Überraschung.

Jenny ist aufgesprungen und steht hoch aufgerichtet über ihm. Ihre Lippen sind zu einem breiten Grinsen verzogen und mit einigem Schrecken sieht er Blut auf ihrer oberen Zahnreihe glänzen.

Sein Blut! Jenny hat ihn mit aller Kraft in die Oberlippe

gebissen und stemmt triumphierend die Hände auf die Hüften.

»He, was soll das, bist du verrückt geworden!« Moritz ist ebenfalls aufgesprungen und knallt mit dem Kopf unters Sprungbrett. Im ersten Schmerz hätte er ihr am liebsten eine gescheuert, aber Jennys Blick hält ihn zurück. »Damit du weißt, wie sich das anfühlt, du Komiker!« Jenny leckt sich das Blut von den Zähnen. So wie sie da steht, könnte sie glatt im nächstbesten Vampirfilm mitwirken.

»Das ist die Rache für die Blamage im Fahrradkeller. Meinst du, ich vergesse das so leicht?«

»Das war doch nur Spaß, du Beißzange!« Moritz schmeckt Blut im Mund und spürt Tränen vor Wut in den Augen. In seiner Badehose hat sich natürlich alles wieder beruhigt.

»Das eben auch. Hat Spaß gemacht. Jetzt sind wir quitt.« Und als sei nichts geschehen, schreitet die bissige Maid zu ihrem Handtuch, wringt es aus und wendet sich zum Gehen. »Kommst du mit?« Sie sagt das ganz freundlich.

»Du hast vielleicht Nerven!« Moritz streicht vorsichtig mit der Zunge an der Innenseite seiner Oberlippe entlang. Was sind Mädchen doch für hinterhältige Biester! Unergründlich. Er würde sie nie verstehen. Erst zerbeißen sie dir die Fresse und dann säuseln sie schon wieder harmlos rum wie Spinnen nach dem Festschmaus.

Es soll ja sogar Spinnenweiber geben, die ihre Männchen nach der Begattung umbringen und auffressen. Hat Frau Dröge behauptet. Und du, Moritz, du Trottel, musst gleich dem ersten Spinnenmädchen ins Netz gehen! Wie konnte er nur so bescheuert sein!

So trottet er neben Jenny dem Ausgang zu. Für heute ist er bedient. Aber echt.

»Nach Pfingsten krieg ich 'ne neue Spange«, sagt Jenny so nebenbei.

»Ich werde alle Jungs vor dir warnen, Giftzahn! Haste schon'n Waffenschein beantragt?«

»Mit Rumknutschen ist dann erst mal nix mehr.«

»Mit Stacheldraht im Maul ist das ja auch echt gemeingefährlich!«

»Wenn ich wieder drahtlos bin, schick ich dir 'ne SMS.«

»Werd mir schon mal'n Mundschutz besorgen.«

Vor der Damen-Umkleide bleibt Jenny noch mal stehen. »Ciao – ciao. Gute Besserung, Sweetheart!« Und entschwindet in die nächste Kabine.

In Moritz' Kopf dreht sich ein Karussell. Warum hat er der Ziege keine ordentliche Abreibung verpasst? Er kann nicht ganz normal sein!

Und er schwört sich hoch und heilig nie wieder auf dieses Weiberpack reinzufallen. In Zukunft wird er strikt die Pfoten lassen von allem, was mit dem Po oder sonstwas wackelt.

Packt seine tropfenden Sachen auf den Gepäckträger und schiebt in Badehose und Gummischlappen sein Fahrrad nach Hause.

Türkischer Honig

Am Pfingstsonntagmorgen sieht Moritz die gut katholischen Nachbarn mit Kind und Kegel in die zahlreichen Kirchen rennen. Moritz ist nicht katholisch, weder gut noch überhaupt etwas. Weil seine Eltern es schlicht versäumt haben, ihn von irgendeiner Kirche taufen zu lassen. So muss der gottlose Moritz kein Gotteshaus betreten und hat statt Kirchgang Ausgang.

Auch Derya muss nicht in irgendeine Moschee. Sie schiebt ihr Rad am Fühlinger See entlang und langweilt sich. Eine Sonne ist zwar nicht vorhanden, aber das Regentief hat über Köln eine kleine Pause eingelegt und verzichtet gnädig auf Schauer. Und so ist es kein Pfingstwunder, dass Moritz und Derya sich über den Weg laufen. Sie begrüßen sich betont cool und bummeln dann gemeinsam Räder schiebend am Seeufer entlang.
Derya hat ihr störrisches Kraushaar mit einem Gummiband zu einem neckischen Schwänzchen gebändigt und ein buntes Kopftüchlein draufgeschnallt. Sie zeigt gepiercten Nabel über engen Dreivierteljeans, die sich gefährlich um die Oberschenkel spannen. Außerdem zeigt sie Moritz ihr überwältigendes Lächeln und ihr lockeres Mundwerk ist pausenlos in Betrieb.
»Hey, wie findste mein neues Shirt?«
Moritz bewundert das kurze Teil. Miststück steht in riesigen Lettern auf den Rundungen, die die überall runde Derya in ausladender Menge vorzuweisen hat.
»Was? Da glotzte! Hab schon Körbchengröße C«, schnattert sie munter weiter und stellt sich in Positur. »Willste mal sehen?«
»Was – hier? Du spinnst wohl!« Moritz läuft krebsrot an.
»Guckt doch keiner. Aber wenn du Schiss hast« – und sie lässt ihr Rad auf den Wegrand fallen und zieht den

zögernden Moritz hinter einen Holunderbusch. »Da kriegste Stielaugen – wie?«, lacht sie harmlos und lüftet ihr Oberteil bis unters Kinn. »Schon mal so was Schönes gesehen?«
Moritz sieht auf einen hellblauen Brustpanzer, der von den darunter quellenden Massen zu platzen droht.
»Aber anfassen ist nicht!«, bestimmt Derya und lässt die Pracht wieder unter dem Miststück-Teil verschwinden.
Moritz muss schlucken.
»Welche von den beiden ist es denn?« Seine Stimme ist belegt.
»Welche soll was sein, du Rätselonkel«?
»Na: das Miststück. Die linke oder die rechte?«
»Bist'n echter Komiker, Moritz Seidel!«, gluckst Derya und setzt sich unter den Strauch ins Gras. »Aber echt okay. Ich mag deine Sommersprossen. Türkische Jungs haben so was nicht.«
Moritz lässt sich neben sie plumpsen und weiß nicht, was er mit seinen Händen anfangen soll. Derya schiebt ihre Nase näher an sein Gesicht und fängt an, seine kleinen Punkte zu zählen. Bei 39 gibt sie auf. Dabei verströmt sie einen aufregenden Duft nach süßem Bienenwachs. Moritz schnuppert ein bisschen an ihrem kurzen runden Hals herum.
»Hab ich von meiner Mutter abgezweigt. Riecht stark –

oder?« Derya lacht ihm schon wieder mitten ins Gesicht. Moritz senkt den Blick und geht zur Nabelschau über. Wenn sie sitzt, stülpen sich zwei wulstige Bauchfalten über den Hosenbund.

»Da haste aber ’ne Menge Kebab und Fritten mit Majo drin gespeichert!« Moritz denkt, er kann sie in Verlegenheit bringen.

Aber Derya ist überhaupt nicht verlegen. »Männer mögen das«, behauptet sie kess, »fass mal an!«

Moritz kann’s kaum fassen. Hat die Türkenbraut wirklich schon Erfahrung mit Männern? Blödsinn, Mann, die gibt nur an! Und mutig greift er zu. Deryas Bauchschwarte fühlt sich an wie fester Pizzateig vor dem Ausrollen.

»Steh nicht auf Fettwülste«, stottert ein schon wieder knallroter Moritz. Seine Kehle ist verdammt trocken.

»Glaub ich nicht« behauptet Derya fest und zieht ihn an sich. Moritz’ noch nicht ganz verheilte Oberlippe sträubt sich nur wenig. Ein weicher Kuss heilt alle Schmerzen. Er fühlt sich sanft umschlossen von Deryas runden Formen und Düften. Seine Hand gleitet unter das »Miststück« und will nun mit aller Macht die verbotene Zone erkunden. Da wird er mit aller Macht von hinten am Kragen gepackt und brutal in die Höhe gelüftet.

Er findet sich wieder mit den Beinen in der Luft am behaarten Arm eines großen Kerls, der ihn kräftig durch-

rüttelt. Derya hat mit einem Schlag ihr Lachen verlernt, ihre Stimme zittert ängstlich: »Oktay, lass ihn in Ruhe! Tu ihm nichts! Ist doch nichts passiert! Oktay, bitte!« Und mit einem Schwall türkischer Laute versucht sie ihrem älteren Bruder in den Arm zu fallen. Der schüttelt sie ab wie eine lästige Mücke, ohne Moritz aus seinem harten Griff zu entlassen, und bedenkt seine missratene Schwester mit Schimpfwörtern der unfeinsten Art, wobei ihm türkische und deutsche Kraftausdrücke heillos durcheinander geraten. Moritz versteht nur »Schwester« und »Hure« und sonst viel Bahnhof. Er zappelt, windet sich hilflos wie ein Aal und versucht sich zu befreien. Doch: keine Chance. Sein letzes Stündlein scheint geschlagen zu haben.
Na, ja – nicht ganz. Zum Glück tauchen Nazim und Miro ganz plötzlich auf und verhindern, dass Moritz sein junges Leben in den Klauen eines tobenden Bruders vorzeitig aushaucht.
Nazim, ebenfalls türkische Flüche zeternd, packt Moritz mit beiden Armen von hinten um die Brust und zieht ihn von Deryas Ehrenretter weg. Miro hat sich ruhig vor Oktay aufgebaut, ergreift fast liebevoll dessen Arme und hält sie eisern fest. Dieser Oktay gebärdet sich wie ein blindwütiger Ochse, tritt um sich und stößt mit dem Kopf nach Miro. Doch dessen Hände halten ihn wie in einem Schraubstock eingespannt, bis der Wüterich sich endlich beruhigt.

Und Derya? Sie schluchzt und hält ihr Gesicht mit den Händen verdeckt – als wollte sie sich verstecken. Ach Derya! Moritz fühlt sich schuldig und weiß nicht weswegen. Statt ihn packt Oktay jetzt seine Schwester am Schlafittchen und schleift sie unter wütendem Geschimpfe samt ihrem Fahrrad einem verschärften Familienverhör entgegen.
»Hast du noch alle Speichen am Rad, du Traumtänzer?« Nazim ist außer sich. »Kannst dich doch nicht schlagen mit Türkengirl in die Büsche!«
»Wieso denn nicht? Die ist doch genauso deutsch wie du und ich und Miro!«
»Hat der Mensch Töne! Bist du wirklich so blöd oder tust du nur so?«
»Ist eben 'n Anfänger, will sich sein Greenhorn abstoßen«, gibt Miro zum Besten. Das Wort »Greenhorn« hat er aus Karl May.
»Aber sie hat doch selbst gewollt!«, verteidigt sich Moritz.
»Du bist doch echt oberkrass, Typ! Weißt du, was blüht jetzt ihr? Vier Wochen Arrest in die Stube, mindestens! Und übermorgen Papa Sahin schleift seine Tochter zu türkischem Frauenarzt! Kannste giftig drauf sein!«
»Zum Arzt – wieso? Von 'nem Kuss wird man doch nicht krank. Ohne Zunge!« Moritz hat noch Deryas Duft in der Nase.

»Ob sie ist noch Jungfrau, will der sehen. Und wehe, wenn sie ist nicht!«

»Dann war ich's aber nicht!« Moritz kriegt 'nen Schreck.

»Kann er doch noch gar nicht«, spottet Miro. Und Moritz ist zu verschreckt, um sich gegen die Gemeinheit zu wehren. Die drei machen sich auf den Heimweg.

»Türkische Mädchen sind voll heißblütig.« Nazim strotzt heute voller Weisheiten. »Ehe du richtig guckst, du steckst schon drin.«

»Wo drin? Wie meinst du das?«

»Im Schlamassel!«, kichert Miro anzüglich. Au weia. Musste Moritz jetzt auch Kondome in seiner Hosentasche verstecken? Er beginnt den Ernst der Lage zu überdenken.

»Und merk dir: Türkisches Mädchen nie allein. Vater, Bruder oder Vetter immer hinter ihnen her.«

»Immer alles kontroletti!«, muss Miro anfügen.

»Dann kriegen die ja nie 'nen Kerl ab.«

»Deutschen Typ sowieso nicht. Alle heiraten die mal türkisch«, weiß Nazim.

»Gar nicht wahr: Der Sohn von unserem Metzger hat 'ne Türkin als Frau!«, kontert Miro.

»Ja – aber weißt du, was der machen musste, damit ihr Vater das erlaubt?« Nazim macht ein bedeutendes Gesicht. »Zum Islam rüber musste er treten und erst sich beschneiden lassen, bevor dass er durfte mit ihr!«

»Ihh!«, macht Moritz.

»Autsch!«, stöhnt Miro.

»Ist gar nicht so schlimm.« Nazim spricht aus Erfahrung. »Schnipp-schnapp – Vorhäutchen ab!«

Ein kleiner stechender Schmerz zuckt durch Moritz' wertvollstes Teil. »Danke, ich verzichte.«

»Dann verzichte auf Türkenbräute, klar?«

»Und du?«

»Ich bin Türke. Ich mal türkisches Mädchen werde heiraten.« Nazim ist da ganz sicher.

»Aber du schielst doch mächtig nach deutschen Girls – wenn ich da zum Beispiel an Jenny . . .«

». . . zum Üben, Mann! Kann ich ja nur mit deutschen! Aber meine Ehefrau muss sein türkisch.«

»Und Jungfrau!«, lästert Miro. Da sind sie auch schon vor der »Eiche« angelangt.

»Danke übrigens«, murmelt Moritz verlegen. »Ihr habt mir das Leben gerettet. Wie habt ihr mich überhaupt gefunden?«

»Haste noch mal groß Schwein gehabt«, doziert Nazim. »Ich bin bei dir zu Haus vorbei und da deine Mutter hat mir den Tipp mit dem ›Fühlinger‹ gegeben. Vor ›Heilig Kreuz‹ hab ich dann noch Miro getroffen –«

»Du gehst in die Kirche?«, wundert sich Moritz.

»Nicht ich – aber Nadine«, bekennt Miro.

»Dann sind wir zum See und ich seh dich da zappeln«, vollendet Nazim.

»Voll gut das Ding!« Moritz ist schon wieder obenauf.

»Da hab ich aber einen Brief gut bei dir, Schreiberling!«

Stimmt, Miro ist ja noch mein letzter treuer Kunde, denkt Moritz. »Klaro«, sagt er. Dann geht er auf eine Coke zu Igor in die »Eiche«.

Emm-Punkt

Himmlisches Mädchen,

du lässt mir keine Ruhe. Ich bin ziemlich groß und verdammt stark – in guten Zeiten bringe ich die fünfundzwanzig Kilo sechsundreißig Mal zur Hochstrecke. Aber bei dir werde ich schwach, ehrlich. Wie eine luftige Elfe bewegst du dich durch meine Träume. Jede Nacht. Doch am Tag beachtest du mich nicht. Warum? Du bist so stolz, unnahbar scheinst du mir. Ich schmachte nach deinem göttlichen Leib. Ohne dich gehe ich ein wie eine Primel ohne Wasser. Ich lege dir mein Herz und meinen Superbody vor die Füße. Trampel bitte nicht auf meinen Gefühlen herum! Denn sie sind hundert Prozent echt.

Deine Lippen will ich umkosen und deinen Busen herzen, mein Herz. Schmerz durchbebt mich, wenn ich denke, du könntest mich verstoßen. Gib deinem Herzen einen Stoß und komm zu mir. Am Pfingstmontag um drei warte ich auf dich unter der alten Eiche in der »Alten Eiche«. Wirst du kommen? Wenn du nicht kommst, gehe ich ins Wasser. Nicht zum Schwimmen, das kannst du mir glauben!

Ich will dich auf Händen tragen, deinen Bauch mit Olivenöl einreiben und deine Augen küssen. Oder auch die Finger, wenn du das lieber magst. Ich mag alles an dir. Du bist die schönste Blume von Weidenpesch und ich werde dich stets in Treue begießen. Und Tränen vergießen, wenn du mich versetzt. Vergieß nicht: Montag um drei, »Alte Eiche« - ja?

Dein dich ewig liebender M.

Hey, ist das'n starkes Schriftstück, Leute? Aber hallo, mal wieder! Als Dank für die Rettungsaktion gleich gestern für Miro noch verfasst und ihm sofort überreicht, damit er's noch am Abend bei Nadine in den Kasten werfen kann. Sogar 'nen Briefumschlag hab ich dem Gigolo spendiert. Damit alles ordentlich aussieht und die angebetete Gazelle das Meisterwerk nicht gleich in den Papierkorb donnert. Hoffentlich kann sie meine Schrift entziffern. Die ist nämlich nicht so besonders; was meine Deutschtante immer bedauert. Kennen kann sie die nicht. Die Schrift, nicht die Tante! Sie geht ja eine Stufe höher auf die Schule. Nicht die Tante: Nadine.

Natürlich will ich nichts verpassen, Leute! Spannen ist immer spannend. Stehe mit dem Diktafon bewaffnet schon vor drei hinter der Eiche in der »Eiche«, damit ich alles hautnah verfolgen kann. Wird er vor ihr niederknien? Ihre Nikes ablutschen? Wir werden sehen. Lifebericht ist angesagt, für euch Spanner da draußen, und jetzt ist es drei.

Da kommen sie schon angerollt. Die vollzählige Ja-

coby-Musterfamilie. Samt Edel-Terrier Sokrates. Setzen sich an ihren Stammtisch unten dem Baum, hinter dem ich Posten bezogen habe.

Nadine hat sich also nicht allein hergetraut. Blinzelt gespielt desinteressiert in die Runde, mustert alle Leute an den Tischen, kann aber keinen M. entdecken.

Ja eben: Wo steckt der Kerl? Ist doch schon zehn nach! Und weit und breit kein Miro. Hat er seine imitierte Rolex versetzt? Und versetzt jetzt seine Traumfrau? Der ist doch wohl nicht ganz dicht!

Käthchen Urbanek nimmt die Bestellung auf. Kaffee, Kuchen, Milchshake »Tropical« für Nadine und ihre Wie-heißt-sie-nur-Schwester, Pfefferminztee für die Gnädige, Wasser für Sokrates. Eigentlich müsste Helga Käthchen schon abgelöst haben. Kann wieder mal nicht pünktlich sein!

Nadine schickt ihre Augen träge auf eine neue Gartenrunde. Viertel nach Drei und kein Miro. Jetzt hab ich euch 'ne heiße Reportage versprochen, folks, und der Hauptakteur kneift. Hat ihn seine Traute verlassen? Nein, das passt nicht zu Miro. Der hat vor nichts Muffe. Nicht mal vor Nadine.

Die löffelt ihr Eis und blickt mürrisch vor sich hin. Schwesterlein löffelt auch, kann aber dabei noch lesen. Sokrates hat eine Spur aufgenommen und schnüffelt ihr nach. Schnüffelt sich unter Tisch zehn und Tisch neun durch, hebt sein Bein am Schirmständer von Nummer sieben und folgt seinem Riechsinn zur alten Eiche. Um die alte Eiche herum. Zu mir, Leute!

»Hau ab, du Wischmopp!« Moment mal, ich muss die Reportage mal eben unterbrechen. »Iiiihhh, lass das, du Monstertöle ...«

Ggrrr, raschel-raschel, rauschschsch ... klick.

So, da bin ich wieder. Leute, Leute, ich sag euch: War voll peinlich die Szene. Könnt ihr euch vielleicht vorstellen. Springt also dieses Mistviech an mir hoch und schmeißt mich fast um, nur weil ich ihm ab und zu mal 'nen Kotelettknochen hab rüberwachsen lassen. Nadine, die Schöne, hat nichts Besseres zu tun, als hinter ihrem Liebling herzuschnüffeln und steht mit einem Mal vor mir und meinem Diktafon – 'ne saublöde Situation, Männer, kann ich euch flüstern!

»Der kennt mich eben«, stottere ich dämlich.

»Du bist das also!« Nadine mustert mich von oben bis unten.

»Was – wer bin ich –?« Krieg ich denn keinen vernünftigen Satz zu Stande, Teufel noch eins!?

»Emm-Punkt.« Die Schöne zieht einen Bogen beschriebenen Papiers aus der Rocktasche und wedelt damit vor meiner Nase herum. »Oder hast du das etwa nicht geschrieben?«

»Doch ...« Ich könnt mich ohrfeigen. Dieses Model

verwirrt meinen Geist. Fängt das bei mir auch schon an? Ich komme mir total verblödet vor, Leutchen! »Aber nicht für mich«, füge ich hinzu. *Ich spüre wie mir das Blut literweise in den Kopf schießt.*

»Was soll das heißen: ›nicht für mich‹?« *Die peinliche Fragerei geht weiter.* »Du heißt doch Moritz, oder irre ich mich?«

»Ja – schon, aber ... Emm-Punkt steht für Miro.« *Jetzt ist es raus.*

»Miro? Von Miroslav? Der Jugoslawe?«

»Kroate.«

»Ja, ja, dieser Zlatko-Verschnitt – ich lach mich kaputt!« *Und schon lacht sie los. Sokrates hat eine neue Spur gefunden, die Igor heißt, und verdrückt sich leise jaulend.*

»Du stemmst ja auch keine fünfundzwanzig Kilo sechsundreißig Mal, du Hänfling!«

Das tut weh, Leute!

»Hat er dich dafür bezahlt?« *Sie meint den Brief und hat echt den Durchblick.*

»Was denkst du dir!«, *wehre ich ab.*

»Ich denke, dass du zu viel Hera Lind gelesen hast, oder von wem du sonst abschreibst.«

Jetzt kränkt sie mich auch noch in meiner Schriftstellerehre! »Abschreiben hab ich nicht nötig!«

»›Vergiss‹ schreibt man übrigens mit ›i‹ und zwei ›s‹ und nicht mit i-e-ß, Herr Thomas Mann!« *Sie gibt mir den Wisch zurück und lacht auf einmal ganz freundlich. »Heb ihn auf und schenk ihn irgendwann mal Caro. Ich verrat dich auch nicht. Und dein Emm-Punkt soll sich ins Knie beißen!« Schon schlendert sie mit wiegenden Hüften in den Schoß ihrer Familie zurück.*

Caro? Na klar, Mensch: Von Carola, so heißt die kleine Leseratte. Also Caro.

Ich schaue zu ihr rüber. Höchstens zwölf. Geht aufs »Musische« in der Innenstadt. Ist halt auch was Besseres. Spielt irgendein Instrument. Müssen die da alle lernen. Was soll's.

Tja, Leute, bin ganz schön angesäuert, könnt ihr euch ja denken! Lässt mich dieser Miro doch glatt mit der Lovequeen hängen! Von Werners Theke aus ruf ich den Schwachkopf auf seinem Handy an. Und woher meldet er sich? Aus der Stadt, vom Hohenzollernring! Steht vorm »Ufa« und will sich 'nen Action-Streifen reinziehen!

»Ja hast du sie noch alle?«, brülle ich ins Phone, »warum bist du nicht hier?«

»Wo?«

»Na – in der ›Eiche‹, Mann! Du warst hier verabredet!«

»Verabredet? Mit wem?«

»Mit Nadine, du Rappelkopp!«

»Mit Nadine? Wann denn?«

»Um drei! Hast du Alzheimer – oder was?«

»Um drei? Jetzt ist doch schon gleich vier!«

»Ja eben. Sie geht gerade.«

»Warum sagst du mir denn nix von dem Date, Blödmann?«

»Selber Blödmann: Stand doch in deinem Brief. Hab ich doch selbst für dich ausgemacht!« Sendepause. »He – bist du noch dran?«

»Oh nein!«, stöhnt es in den Hörer. »Das darf doch nicht wahr sein! Den Brief hab ich gar nicht mehr gelesen. War doch schon so spät. Hab ihn nur schnell in den Umschlag gesteckt und eingeworfen. So 'ne Scheiße!!«

»Spar dir den Frust. Sie will sowieso nix von dir.«

»Hat sie das gesagt?«

»Laut und überdeutlich.«

»Und wenn du ihr noch mal schreibst?«

»Als was – als Moritz oder Miro?«

»O. k., vergiss es!«

»Du auch. Viel Spaß im Kino.«

»Kino kann mich mal!«

Aufgelegt. So ist das Leben, Leidgenossen! Meine Versuche mit den Mädels erhalten einen Dämpfer nach dem anderen. Aber ich werd weiter Dampf machen, darauf könnt ihr euch verlassen. Ein Moritz gibt nie auf!

Vor allem muss ich mal schauen, wo meine verehrte

Frau Mutter abbleibt. Seit einer Stunde ist sie überfällig. Immer optimistisch bleiben, Freunde! Ihr hört von mir!

Der Verzicht

Moritz stürmt zur Tür herein. Helga sitzt am Tisch vor einer halb geleerten Sektflasche und hat den Kopf in den Händen vergraben.
»Bei Werner ist der Bär am Toben und du besäufst dich hier anstatt zu bedienen!«, poltert Moritz gleich los. Helga hebt langsam ihr Gesicht und Moritz sieht verheulte Augen und aufgequollene Wangen. »Was

ist denn mit dir los? Hat dich dein Teweleit in die Wüste geschickt – oder ist Tim Schweizer sein Kondom geplatzt?«
Helga sagt gar nichts und sieht Moritz nur an.
Bedrücktes Schweigen.
Was hatte er jetzt wieder ausgefressen? Hatte der Türken-Papa ihn vielleicht wegen Vergewaltigung seiner runden Tochter angezeigt? »Nun sag schon: Was hast du?«, fragt er nun doch etwas ängstlich und setzt sich seiner Mutter gegenüber.
Ein Griff zur Flasche, eine weitere Portion Sekt ins Glas. Ein kleiner Schluck, ein langer Seufzer. »Die ›Roxane‹ war mein Traum, Moritz.« Noch ein Schlückchen.
»War? Wieso war? Was ist mit der Roxane? Nun red schon!«
»Ausgeträumt«, schnieft Helga. »Wäre auch zu schön gewesen.« Langsam und stockend fördert sie die Geschichte ans Tageslicht. Am Vormittag war sie im Theater, um den Terminplan in Empfang zu nehmen. Und da hatte sie dann die Bescherung! In den »Kammerspielen« würden nur die Premiere und vier weitere Vorstellungen stattfinden. Danach ginge es auf Tournee. Kreuz und quer durchs ganze Land. Bis November. Vier Monate lang. Von Erkelenz bis Greifswald. Von Timmendorf bis Windisch-Eschenbach. Ständig unterwegs. »Das war's also«, seufzt Helga.

»Wieso war's das?« Moritz versteht nicht recht. »Hast du was gegens Reisen?«
»Aber Junge, begreifst du denn nicht? Ich kann dich doch nicht vier Monate allein lassen.« Helga betupft ihre nassen Augen mit einem Tempo. »So ist es nun mal.«
Moritz wird wütend. »Keine Roxane wegen mir? Kommt gar nicht in die Tüte! Du fährst da mit und kuschelst mit Tim Schweizer! Ich komm schon zurecht.«
»Unmöglich«, sagt Helga fest, »ich hätte keine ruhige Minute.«
»Und wenn ich so lange zu Oma Berta ziehe?«, schlägt Moritz vor.
»Oma Berta hat zwei künstliche Hüften und wohnt in Kerpen. Wie willst du von da aus in die Schule kommen? Nein, das geht nicht.« Helgas Tränendrüsen stellen ihre Produktion allmählich ein.
»Sie kann doch hier wohnen!« Moritz lässt nicht locker.
»Ich will ihr das nicht zumuten. Die Arbeit nicht – und dich auch nicht. Du kannst nämlich ganz schön anstrengend sein – weißt du?«
»Jetzt bin ich wieder schuld. Das ist unfair, Helga!«
»Gar nichts bist du schuld, Dummkopf! Ich hätte mich von Anfang an genauer erkundigen sollen. War eben auf Wolke sieben und ›nicht ganz dicht in der Birne‹, wie du sagen würdest.«

»Ich will aber, dass du spielst!«
»Die Sache ist entschieden. Endgültig«, sagt Helga sehr energisch. »Ich habe Meinrad schon abgesagt. Caterina bekommt die Rolle. Basta.« Helga steht entschlossen auf, kippt den Rest aus der Flasche ins Spülbecken und lässt die verheulten Wangen unter einer Puderschicht verschwinden. »Ich geh jetzt rüber. Käthchen ist bestimmt schon superstinkig.«
»Du kannst jetzt arbeiten? In dem Zustand?«, wundert sich Moritz.
»Man kann alles, wenn man will«, doziert die Mutter und macht, dass sie in die »Eiche« kommt.
Moritz murmelt anerkennend was von »Respekt, Alte!«, vor sich hin. Wie sie die Enttäuschung wegsteckt – mein lieber Schwan! Und er beschließt, sie künftig etwas weniger zu nerven. Wenn er das schafft. Mal sehen.

Verstauchte Gefühle

Kaum fängt nach Pfingsten die Schule an, dreht die Sonne ihre Strahler wieder volle Kanne auf. Typisch. Mit höllischem Tempo rast die Zeit den großen Ferien entgegen. Und den Zeugnissen. Und der Versetzung in die Achte. Hoffentlich. Moritz darf dank Nazims Hilfe mit einer satten Vier in Mathe rechnen. Dann hätte er's mal wieder gepackt.

Am 2. Juni hat Helga Geburtstag und wird zum dritten Mal hintereinander fünfunddreißig. Zumindest in der Künstlerbiografie, die sie ihrer Agentin schickt. Ob's hilft? Von Moritz bekommt sie einen bunten Seidenschal, den er aus Deryas Beständen preiswert erstanden hat. Derya hat ihr häusliches Donnerwetter heil überstanden, ist fachärztlich bestätigte Jungfrau und albert munter herum wie immer.
Die Kapelle der »Nippeser Bürgerwehr« bringt Helga vor der »Eiche« ein Ständchen. Dabei bläst Philip in eine Röhre, die Klarinette heißt, und kommt dauernd aus dem Takt. Wenn das nicht besser wird, darf er im nächsten Rosenmontagszug nicht mitmarschieren. Da kennt der Dirigent und Vater Hüllenkremer keine Verwandten! Anschließend an das Ohren zerreißende Konzert wird Helgas Geburtstag in der »Eiche« gebührend begossen.
Moritz schreibt flammende Liebesbriefe. Nicht im Auftrag, sondern in eigener Sache. Sie sind an Nadine gerichtet und mit Emm-Punkt unterzeichnet. Moritz kritzelt mit rotem Faserschreiber tanzende Liebesschwüre auf teures Papier, liest das Ergebnis 25-mal durch, zerreißt es anschließend in kleine Fetzen und verbrennt die Schnipsel im Hinterhof. Helgas Gegrinse nervt. Sie behauptet, er sei verliebt. Woher will sie das wissen?
Mütter!

»Wenn hier einer verliebt ist, dann ist es Igor!«, mault Moritz. »Kannst du ihn nicht ein bisschen erhören?«
Helga lacht schallend. »Mein lieber Klugscheißer, meine Liebhaber kann ich mir Gott sei Dank noch selbst aussuchen.« Und schüttelt neckisch ihre neue Frisur, die ihr wirklich bombig steht.
Stichwort »verliebt«: Moritz kann jetzt öfter einen rosig strahlenden Philip beobachten, wie er die schüchterne Tine zutextet. Sie flanieren am Rhein Händchen haltend auf und ab und halten Ausschau nach verschwiegenen Parkbänken, auf denen sie sich auch noch anderweitig mündlich austauschen können. Jenny hat Nazim verziehen, sodass er an ihr Deutsch üben kann. Nur Moritz hat sich zwar unsterblich, aber hoffnungslos in das Highlight der Weidenpescher High Society verknallt. In lichten Momenten muss er sich eingestehen, dass dieses Glamourgirl für ihn unerreichbar bleiben wird; aber die lichten Momente sind selten.

Nachmittag in der »Eichen«-Stube. Igor hat seine Küche in Ordnung gebracht, die vorderste Kante eines Barhockers besetzt und rührt melancholisch Milch in seinen Kaffee. Helga hockt bei den Senioren am Stammtisch und verbreitet gute Laune.
Die alten Knacker mögen »dat lecker Mädche« gern und geizen nicht mit anzüglichen Bemerkungen und

Schnapsrunden. Helga freut sich auf einen freien Abend, denn heute ab 16 Uhr ist in der »Eiche« Ruhetag.

Moritz träumt einen Mädchenkörper in sein Colaglas und ist ganz abwesend. Dann beschließt er sein Bike zu besteigen und eine Runde durchs Revier zu drehen. So, wie schon gestern und vorgestern. Die Tour wird zufällig vor einer Villa in der Schmiedegasse enden, in der eine gewisse Teenie-Dame gerade ihren Schönheitsschlaf absolviert. Dort wird er sich herumdrücken, bis das angekündigte Gewitter ihn an den heimischen Herd zurückscheucht.

Das Gewitter kommt pünktlich um sechs. Moritz in seinem Weltschmerz hat die Zeichen der Natur nicht rechtzeitig erkannt und radelt nun pitschnass durch die herabstürzenden Wasserfälle. Blind vom Regen erreicht er den »Eichen«-Hof und schiebt sein Rad in den Schuppen. Setzt gerade an zum großen Sprung über die Pfütze vor ihrer Haustür, als er ein klägliches Wimmern vernimmt. Hat sich ein Kätzchen unters Dach verirrt? Aber ein Kätzchen kennt doch seinen Namen nicht!

»Moritz, oh Moritz, Gott sei Dank – bitte hilf mir«, klagt eine zitternde Mädchenstimme vom Kneipeneingang herüber. Moritz tapert durch die Regenpfütze auf die »Eiche«-Tür zu, an der ein Schild verkündet »heute geschlossen«, und erleidet fast einen Herz-

stillstand. Auf der Türschwelle kauert, nass und seltsam verkrümmt: Nadine!
»Schlechter Zeitpunkt für einen Besuch.« Schlechter Zeitpunkt für blöde Witze, Moritz! Nadine jammert und stöhnt und hält den linken Fuß krampfhaft umklammert.
»Ich komm nicht mehr hoch! Mein Bein tut weh!«, schluchzt die Angebetete. Jetzt darf Moritz ihr ungestraft ganz nahe kommen, muss es sogar, wie soll er ihr sonst helfen? Wäre die Situation nicht so unerfreulich, wie würde er es genießen, neben ihr niederzuknien und die Schöne fest um ihre Taille zu fassen! Zu spüren, wie Nadines makellose Arme seinen Hals umschlingen und ihr nasses Gesicht an seiner Backe klebt! Dies alles geschieht, während der Regen auf sie eindrischt und grelle Blitze zucken. Nadine hält sich an ihrem heimlichen Verehrer fest und balanciert auf einem Bein.
»Hallo Ballett!«, sagt Moritz, aber Nadine ist nicht zu Scherzen aufgelegt.
Sie versucht, mit dem linken Fuß aufzutreten und schreit laut vor Schmerz. »Der Knöchel«, keucht sie, »ich fürchte, der ist gebrochen.«
»Erst mal weg hier«, bestimmt Moritz und bietet seine magere Schulter an. Schiebt sie unter Nadines linke Achsel und setzt sich behutsam in Bewegung. Nadine hängt an seinem Hals, hält ihn fest umschlungen und

hüpft auf dem heilen Bein neben Moritz her. Unter Ächzen und Stöhnen erreichen sie den Eingang zum Seidelschen Anwesen und Moritz klopft wild gegen die Tür, weil er an seine Schlüssel nicht ran kommt.
»Um Himmels Willen, was ist passiert?«
»Das ist Nadine. Ihr Fuß. Gebrochen oder so.«
»Komm, ich helf dir.« Zu zweit schleppen Moritz und Helga das wimmernde Girl ins Zimmer und betten es auf die Couch. Helga ist Extremsituationen nur unzureichend gewachsen. Aufgeregt flattert sie ins Bad, holt ein Handtuch, rubbelt dem bleichen Mädchen die nassen Haare aus dem Gesicht, rennt wieder ins Bad, kommt mit dem Erste-Hilfe-Kasten wieder und sucht Baldriantropfen.
»Das ist übrigens Helga«, bemerkt Moritz beiläufig und zieht seinem Aschenputtel vorsichtig die hochhackigen Sandalen von den Füßen. »Tut's noch weh?«, erkundigt er sich fürsorglich.
»Geht so«, flüstert die Liegende und blickt ihn dankbar an. Helga hat es geschafft, einen Topf mit Milch auf die Kochplatte zu hieven und diese anzuwerfen. Dann fördert sie von wer-weiß-woher eine alte Windel aus Moritz' Babyjahren zu Tage, zieht Nadine das linke Söckchen vom Fuß und begutachtet den Schaden.
»Der Knöchel«, sagt sie mit Kennerblick. Das war auch nicht schwer zu erraten, denn Nadines zarte Fessel ist rot-blau-lila angelaufen und dick geschwol-

len. Helga gießt den Inhalt einer braunen Flasche über die Windel und legt sie auf die bunte Stelle. »Essigsaure Tonerde«, sagt sie und bettet Nadines Haupt auf ein besticktes Sofakissen.

»Sie sind nett«, haucht die Königin vom Niehler Gym und lächelt leidend.

»Ein Arzt muss her!«, fordert Moritz, der Praktische. Helga hastet zum Telefon und wählt die Nummer vom alten Dr. Steinmetz. Der praktiziert nicht mehr, will aber sofort rüberkommen, weil er Helga vom Stammtisch her kennt und natürlich auch mag wie all die anderen Oldies.

»Ich will nicht ins Krankenhaus, ich will nach Hause!«, jammert die Kranke, kann aber nie und nimmer aufstehen.

»Erst mal sehen, wie schlimm es dich erwischt hat«, begütigt Helga und flößt der bleichen Patientin heiße Milch ein.

Moritz schwimmt in Glücksgefühlen. Die Unerreichbare ist ganz nah. In seiner Obhut, seiner Fürsorge hilflos ausgeliefert. Er streicht ihr das Haar aus der Stirn, legt beruhigend seine Hand auf ihren Oberschenkel und ist der perfekte Krankenpfleger. Helga hat es fertig gebracht, heißes Wasser mit einem Teebeutel zu färben und steht schlürfend neben dem Krankenlager.

»Sie sind Bedienung in der ›Alten Eiche‹, nicht wahr?«, sagt das Mädchen höflich.

»Ich kenne dich auch«, lächelt Helga auf sie herab.
»Eigentlich ist sie Schauspielerin«, gibt Moritz mit ihr an.
»Wie interessant«, meint Nadine.
»Wusste gar nicht, dass ihr euch kennt, ihr beiden.« Achtung, Mutter will spionieren!
»Tun wir eigentlich nicht«, korrigiert Nadine.
»Nicht so richtig«, ergänzt Moritz und spürt, wie seine Ohren glühen.
»Was nicht ist, kann ja noch werden«, setzt Helga nach. Doch bevor sie Moritz weiter in Verlegenheit bringen kann, klingelt der Doktor.
Dr. Steinmetz hat einen Stuhl neben Nadines kaputten Fuß gestellt, seinen mächtigen Körper darauf gewuchtet und greift nach dem kranken Teil. Riecht an der Windel, lobt Helga – »essigsaure Tonerde is immer jut!« – und beugt seinen Graukopf über das Mädchenbein. Betastet den Knöchel, dreht den Fuß, Nadine muss stöhnen und verdrückt ein paar Tränchen. »Jebrochen is nix. Nur verstaucht. Starker Bluterjuss. Dat wird wieder. Eine Woche bleibste liejen, dann kannste wieder Hip-Hopsen jehn!« Er kramt eine elastische Binde aus dem Arztkoffer und wickelt den bunt schimmernden Knöchel fachmännisch ein.
»Die Rechnung bitte an Jacoby«, haucht Nadine dankbar.
»Wird jemacht, Froleinchen. Kenn ich, kenn ich jut,

dein Alten. Dann macht et mal jut, Kinder!« Er wird von Helga noch mit einem Schnaps versorgt, dann zwängt er sich durch die Tür nach draußen.

»Hast du ja noch mal Glück gehabt, Mädel«, freut sich Helga. Und ich erst mal!, denkt Moritz, der Retter verstauchter Mädchenknöchel. Und würde Nadine am liebsten für immer auf seiner Couch liegen lassen. Aber das ginge ja wohl zu weit.

Jetzt weiß ich auch, wie alles passiert ist, Leute! Nadine hatte in Nippes Nachhilfe gehabt und kommt auf der Heimfahrt mit dem Bike in das Gewitter rein. Und hat die Guckis voll Wasser. Will durch den Garten der »Eiche« abkürzen, übersieht einen von den Felsklötzen, die da als Schmuckstücke herumstehen, und knallt mit dem Vorderrad voll drauf. Segelt über den Lenker, das Fahrrad stürzt auf ihr Bein, der Felsklotz kippt aufs Rad und verdreht ihr den Fuß. Das war's dann. Sie schleppt sich zur »Eiche«, kommt aber nicht rein, weil »heute geschlossen« dransteht. Dann bleibt sie da liegen, damit ich sie finde.

Ich hab sie gerettet, Männer, da führt kein Weg dran vorbei! Jetzt muss sie mir auf ewig dankbar sein und darf mir keinen Wunsch mehr abschlagen. Und Wünsche hab ich, kann ich euch flüstern!

Nachdem der Doktor gegangen ist, sitzt meine zerknautschte Göttin dann auf Helgas Sofa und betrach-

tet das Bücherregal, vor dem, oh Wunder, mal keine Wäsche hängt. »Haben Sie die alle gelesen?«, fragt sie Helga.

»Mehrmals«, flötet die Schauspielerin, »Moritz auch. Die meisten jedenfalls.«

»Ach ja: Emm-Punkt!«, bemerkt Nadine.

Helga hat bei Jacobys angerufen, die Pfefferminz-Mammi kommt sie gleich abholen. »Wo ist das genau, Frau Seidel?«

»Der kleine Anbau gleich neben der ›Alten Eiche‹«, erklärt Helga und dann kann man durchs Telefon hören, wie die Staranwaltsgattin die Nase rümpft. Fünf Minuten später rauscht die S-Klasse durch die Eingangspfütze. Zu dritt zerren wir die Madonna der Schmerzen auf die Rückbank.

»So viel Umstände, Sie Ärmste«, flötet Nadines Mutter in falschem Mitleid.

»Komm uns mal wieder besuchen, wenn's dir besser geht.« Mütter können das Kuppeln nicht lassen, freaks!

»Mein Fahrrad, Moritz – kümmerst du dich darum, bitte?«

Habt ihr's gehört? Sie braucht auch weiter meine Hilfe, ihr Neidhammel! »Ehrensache«, ruf ich ins Auto. Dann rauschen sie ab.

Und in meinen Ohren rauscht das Blut und in meinem Kopf die Schar der Engelein. Ich werde heute

Nacht die Träume meines Lebens träumen, falls ihr kapiert, was ich meine. What a day, Männer. Bis denn – ihr hört von mir.

Flötentöne

Jetzt schiebe ich gerade Nadines edles Alu-Gefährt in die Schmiedegasse. Wieder voll aufgemotzt – das Bike war der totale Schrotthaufen. Ihr seht: nichts, was ich nicht kann! Da staunt ihr, Leute. Und jetzt kommt's noch besser: Diesmal werde ich nicht vor der Villa rumtigern! Ich darf eintreten, bin hochwillkommen, ich, Moritz Seidel, der Rettungsmann!

Nadine liegt auf dem Sofa im Wintergarten, tausend Kissen hinter und um sich rum, und leidet still vor sich hin.

»Ich hab dein Fahrrad repariert. Lenker gerade gebogen, neues Vorderrad und so.«

»Neues Vorderrad? Moritz, du hast doch nicht etwa . . .?« – Klar hab ich, was denn sonst? Die ist vielleicht weltfremd, Freunde des gepflegten Rundumtauschs!

Ich erklär's ihr also: »Keine Bange – das Rad ist von meinem. 26 Zoll, passt wie geölt. Ich hab mir schon'n anderes Teil abgeschraubt. Nur andere Farbe, sonst okay. Immer das Vorderrad mit anketten, Nadine, musst du dir echt merken! Sonst is' es weg!«

»Das kannst du doch nicht« – meine Flamme ist entsetzt.

»Ringtausch«, klär ich sie auf, »machen doch alle. Wem sein Vorderteil abhanden kommt, besorgt sich eins vom nächsten Fahrradständer, der Beklaute sucht sich was Passendes vorm Schwimmbad und irgendwann haste dein altes Gerät wieder vorn dran und kannst es nicht fassen.«

»Du bist mir einer!«, kichert sie.

Durchs Stockwerk über uns fährt ein Zug. Der Zugführer hat sein Signalhorn angeworfen und scheucht mit markerschütterndem Tuten die Hühner von den Gleisen.

»Wusste gar nicht, dass die Deutsche Bahn jetzt auch durch die Wohngebiete brettert?« Ich bin echt erschrocken, people!

»Das ist Caro«, gähnt die Prinzessin träge. »Sie muss üben.«

»Üben? Auf 'ner Fansirene?«

»Klarinette«, sagt Nadine. »Nächsten Mittwoch hat sie ein Konzert.«

»Und da spielt sie nur Tonleitern?« Vom blökenden Bass bis zum piepsigen Katzenjammern und wieder zurück, rauf und runter, und immer wieder von neuem dröhnt diese Tröte. »Muss dich doch tierisch nerven, das Getute.«

»Ich hör's schon gar nicht mehr«, haucht Nadine mit Leidensmiene. »Kannst meine Karte haben. Bis Mittwoch bin ich noch nicht gehfähig.«

»Karte – wofür?«

»Für Caros Auftritt. Hier. 18 Uhr. In der ›Alten Feuerwache‹.« Und schiebt mir glatt 'ne Eintrittskarte rüber. Und ich nehme dankend an. Ja – geht's mir noch gut? In Anwesenheit der Superbraut versinkt mein Hirn im Nebel. Kann ihr keinen Wunsch abschlagen. Würde euch auch so gehen, ihr Pfeifenheinis! Werde ich mir also von Schwesterlein Caro die Flötentöne in die Ohren blasen lassen. Wenn die das mal heil überstehen!

Wenn ich dann noch hören kann, hört ihr wieder von mir!

Himmelsmacht

Am Dienstag vor dem Mittwoch. In der großen Pause teilt Philip mit Tine eine Milchschnitte. Tine ist auf Diät. Jetzt muss Moritz sich überwinden. Seinen ganzen Stolz überwinden. Aber er braucht nun mal dringend Philips musikalische Erfahrungen.
Moritz gibt seinem immer noch beleidigten Herzen ei-

nen Stoß und haut Philip an. »Du bläst doch auch in diese Tube, Mann.«
»Klarinette, Heini!«
»Von mir aus.«
»Ja und?«
»Haste was mit dem Ding auf CD?«
»Jede Menge. Marsch, Polka, Kölner Karneval?«
»Nee – mehr so – seriöser Kram.«
»Ach so: Mozart. Klarinettenkonzert. Und so 'ne Jammermusik mit Streichquartett. Uralter Käse.«
»Leihste es mir?«
»Ich? Dir was leihen? Dich hamse wohl gebissen, Knallkopp!«
»Manno, ich brauch's aber!«
»Wozu brauchst du Banause Mozart?«
»Muss in'n Konzert. Morgen. Da bläst Caro Jacoby.«
»Ach die«, meint Philip und widmet sich wieder Tines blauen Augen. Die zwinkert Moritz zu. »Ich bring sie dir vorbei«, flüstert sie. Na also, Mädels können auch nett sein.

Am Nachmittag legt Moritz Philips CD auf. Mutter Helga ist entzückt. »Endlich auf guten Geschmack gekommen, Filius?«
»Von wegen. Muss mich einhören. Morgen spielt Nadines kleine Schwester in der Alten Feuerwache. Nadine kann noch nicht gehen.«

»Und? Gefällt's dir?«
»Grausam.«
»Schade.«

Hey, Freunde des wummernden HipHop!

Könnt ihr mir mal sagen, was ich hier mache? Ich muss doch gewaltig einen an der Klatsche haben! Steh da vor der »Alten Feuerwache« mit diesem Nadine-Ticket in der Hand und trau mich nicht rein. Sieht gar nicht nach Konzerthaus aus, der rote Backsteinschuppen. Eher nach Studentenkneipe mit Soul-Oldies aus der Achtzigerjahre-Steinzeit. Gehen auch fast nur Studentinnen mit ihren bezopften Fuzzis da rein.

Da kommt auch schon die komplette Anwalt-Gang angetrottet. Mindestens fünfzehn Mann hoch, samt Oma Nettchen, mit Freunden und Verwandten, ohne Sokrates. Und Papa Hüllenkremer nebst Gattin. Was wollen die hier? Ach so, ja, Klarinette! Wollen sich von der Jugend was vorblasen lassen. Hätte ich doch bloß meine Karte an Philip verschenkt. Philip? Geschenkt, ihr Rapper alle! Außerdem wäre Nadine dann sauer geworden.

»Caro und die Weismans« steht auf dem Plakat an der Tür. Fünf vor sechs schleich ich mich rein.

Drinnen brennen Kerzen auf blanken Holztischen. Stimmung wie Weihnachten. Und das im Juni. Ätzend, ehrlich! Auf der Bühne sieht's auch nicht nach Mozart aus. Klavier, Schlagzeug, ein Kontrabass und zwei Gitarren. Ich quetsche mich ganz vorn an die Seite, damit ich schnell raus kann, wenn mich das Grauen packt, und bestell mir 'ne Cola. Von mir aus kann's losgehen.

Um zehn nach sechs geht das Saallicht aus. Im Dunkeln schleichen fünf männliche Gestalten auf die Bühne. Klemmen sich hinter Klavier, Drums und schnallen sich die Gitarren um. Ein Schummerlicht wird angeknipst. Die fünf Typen sehen aus wie Zigeuner. Oder sagt man Sinti? Oder Roma? Jedenfalls kommen sie mir so vor. Weit und breit keine Caro. Die muss wahrscheinlich noch hinter der Bühne auf ihren Tonleitern rauf- und runtersteigen.

Der Sinti-Kerl zupft leise ein paar Töne auf seiner »dicken Oma«, der Klaviermensch versucht langsam sich auf seinen vielen Tasten zurechtzufinden, die Gitarristen probieren verschiedene Griffe aus. Das Geschnatter von den Leuten um mich rum hört endlich auf. Dann kehrt der Drummer mit dem Besen den Staub von seiner Trommel und alles klingt zum Einschlafen. Dafür hat nun Helga extra mein bestes blaues Hemd gebügelt, damit ich sie nicht blamiere. Und mit dem Fahrrad durfte ich auch nicht fahren; wegen dem Dreck. Wär ich doch bloß ins Schwimmbad abgetaucht, liebe Hörer!

Plötzlich knallt ein Spot sein Licht mitten auf die Bühne. Und da steht: Caro. Mir bleibt glatt die Luft weg, Jungs! Steht da vorn, ganz blass und schmal in schwarzer Hose und weißem Shirt und leckt an ihrem Mundstück rum. Kommt jetzt eine von ihren Tonleitern? Mir ist schon ganz schlecht, Fans!

Die Romaboys haben sich jetzt auf irgendeine Tonart geeinigt und Caro pustet in ihr Holzrohr. Aber keine Tonleiter. Nur so ähnlich. Also – wie soll ich sagen – so 'ne Art Klageton. Fängt ganz tief unten an und zieht sich dann nach oben und plötzlich rockt der Bär. Mich haut's fast vom Stuhl, echt! Das Mädchen da oben lässt die Töne tanzen, dass euch die Ohren abfliegen. Mal wild und fetzig, mal so ganz wehmütig und traurig, und die Jungs um sie rum rufen »hoppa!«, und dreschen auf ihr Instrumente ein, dass du denkst, Dschingis Khan kommt mit seiner Reiterhorde über die Steppe geprescht.

Und über all den wilden oder soften Tönen schwebt eine Elfe. Ich schwör's euch, ihr Ignoranten! Sie hat ja so 'nen wuscheligen braunen Lockenkopf, müsst ihr wissen, und der strahlt im Scheinwerferlicht, dass ihr Gesicht aussieht wie eingerahmt. Dann hüpft sie im Takt oder wiegt sich im Rhythmus, und ihre kleinen Brüstchen hüpfen mit und mich trifft's direkt in die Birne. Als hätt ich 'ne Zündkerze im Kopf, zack, und ich bin total angemacht. Nadines kleine Schwester,

Mann-o-Mann! Absolute Extraklasse, kann ich euch flüstern. Meine Ohren sind voll im Rausch und dann ist schon Pause.

Die Leute im Saal klatschen sich die Finger wund und ich merke, dass ich meine Cola nicht einmal angerührt habe. Und kann es kaum erwarten, bis es weitergeht.

Nach der Pause spielen die Jungs von der Band erst mal allein so jazziges Zeugs und es dauert 'ne halbe Stunde, bis Caro wiederkommt. War ihr die Spucke weggeblieben? Error, ihr Looser! Jetzt hat sie so eine kleine silberne Gießkanne vor dem Mund und hottet munter mit den Knaben mit. Ich bin sofort wieder hin und weg. Wie macht sie das bloß? Sie ist echt 'ne Zaubermaus. Wenn ich's euch sage! Noch'n halbes Dutzend Zugaben muss sie blasen, bis sie endlich aufhören darf. Die Leute johlen und pfeifen vor Begeisterung.

Hey! Es gibt noch mehr zwischen Download und CD-Brenner als HipHop und Techno, ihr Ahnungslosen, das muss ich erst mal verdauen. Ihr hört dann wieder von mir.

Nach der Session steht Moritz in Gedanken versunken vor der Feuerwache und studiert das Plakat.

»Hat's dir gefallen?«, fragt eine Mädchenstimme hinter ihm. Caro! Da steht sie, ist genauso groß wie er und strahlt ihn aus dunkelbraunen Augen an.

»Whow! Booh ey – hätt ich dir nie zugetraut, ehrlich!«
»Ja, hat nicht schlecht geklappt«, sagt Caro bescheiden und geht mit ihm Richtung Ebertplatz.
»Und deine Eltern?«
»Die sind noch beim Edel-Italiener zum Essen. Da hab ich jetzt keinen Bock drauf.« Sie hat einen kleinen schwarzen Koffer unter den Arm geklemmt und in der Hand einen größeren.
»Darf ich das da tragen?«, bietet Moritz an.
»Aber logo – gern«, sagt die Zauberfee. Moritz genießt die Blicke der Umstehenden, die ihn jetzt bestimmt beneiden. »Da ist wohl die Gießkanne drin«, meint er.
»Das ist ein Alt-Saxophon«, verbessert Caro.
»Ich bring dich nach Hause.« Moritz ist ganz Kavalier.
»U-Bahn?«
Das Mädchen nickt.
»Wie nennt man das, was ihr am Anfang gespielt habt?«, fragt Moritz.
»Das war Klezmer-Musik. Die kommt aus den jiddischen Städtchen in Osteuropa.«
»Was du alles weißt«, staunt Moritz. Dann steigen sie in die Neun Richtung Fühlingen. In der Bahn sitzen sie sich gegenüber. »Ich muss mich bei Nadine noch bedanken«, sagt Moritz. »Für die Karte.«
»Die kam von mir«, antwortete Caro.
»Von dir? Wieso? Ich denke . . .«

»Nadine kann längst wieder laufen. Ich wollte, dass du kommst.«
»Ich? Wieso denn das? Ich hab's eigentlich gar nicht so mit der Musik. . . .«
»Ich wollte, dass du mich mal siehst«, sagt Caro und wird ein bisschen rot dabei.
»Aber – ich seh dich doch öfter«, wundert sich Moritz.
»Nie so richtig. Sonst guckst du immer durch mich durch. Oder übersiehst mich einfach«, flüstert das Mädchen.
»Jetzt hab ich dich richtig gesehen. Einfach toll!«
»Die Musik?«, fragt Caro.
»Die auch«, sagt Moritz und grinst.
Ecke Scheibenstraße steigen sie aus. Bis zur Villa schweigen sie.
Bis sie vor der Villa ankommen, reden sie nicht viel.
»Willst du mit reinkommen? Nadine ist noch auf.«
»Nee – ein andermal« meint Moritz.
Caro zögert, dann fast sie ihn leicht am Arm. »Sie hat 'nen Freund.«
»Wer – Nadine?«
»Ja. Darf aber keiner wissen – klar? Der ist schon dreiundzwanzig und studiert in Aachen Maschinenbau. Heißt Klaus. Wenn sie achtzehn ist, will sie ihn heiraten.«
»Ist ja'n Ding!«, entfährt es Moritz.
»Nur, damit du Bescheid weißt«, sagt Caro ernsthaft

und schließt das Tor zum Vorgarten auf. »Danke fürs Heimbringen.«
»Hab ich gern gemacht«, murmelt Moritz und winkt hinter ihr her, bis sie im Haus verschwunden ist.
Dann schlendert Moritz durch viele Haupt- und Nebenstraßen. Er muss Ordnung in seinen Kopf kriegen und sein Gefühl scharf analysieren – und ist gespannt, was dabei herauskommt.

Ein Casting

Fronleichnam. Moritz ist mit seiner Clique zum Rheinufer gedüst; angeblich, um sich die Schiffsprozession reinzuziehen. Vielleicht aber auch, um nach braunen Locken Ausschau zu halten? Aber von Caro ist nichts zu sehen und Nadine humpelt immer noch an Krücken durch den häuslichen Garten.

Als Moritz verschwitzt und durstig bei Helga einfällt,

ist ein Fax eingetroffen. »Du hast ein Casting«, sagt die Mutter und guckt nicht eben begeistert.
»Casting, ich? Machst du Witze?«
»Nein, lies« meint sie trocken. Moritz stürzt eine Flasche Sprudel in sich rein und liest. Und kann es nicht fassen: »Was soll das? Woher haben die meinen Namen und die Faxnummer und alles?«
»Von meiner Agentur. Du stehst mit auf meinem Personalbogen. Mit Bild. Vom vorigen Sommer. Wo ich dich auf der Zoobrücke fotografiert hab.«
Moritz studiert das Schriftstück ein zweites Mal. Er soll morgen pünktlich um 14 Uhr 30 im Studio antanzen. In Hürth. Zu Probeaufnahmen für eine neue Serie. Seine Rolle solle eine tragende sein und »Felix« heißen. Drehbeginn 4. Juli. In den Ferien also.
»Da geh ich nicht hin. Was soll ich'n da?«
»Natürlich gehst du. Sie suchen einen blonden 13-Jährigen mit Sommersprossen. Das bist doch genau du – oder?«
»Wie soll ich denn nach Hürth kommen?«, fragt Moritz pampig.
»Mit Werners altem Kadett. Ich fahr dich hin. Ist schon alles besprochen.«
Bedauernswerte Helga. Da jagt sie Jahre lang vergeblich irgendwelchen kleinen Rollen nach, hat es bislang nur zu drei mickrigen Sätzen in der »Lindenstraße« gebracht und ihrem Sprössling wird gleich eine

Hauptrolle in einer Seifenoper offeriert. Serie. Das wär's für sie gewesen.
Langsam dämmert Moritz, dass dies die Chance seines Lebens sein könnte. Auch finanziell. »Hey, was muss ich denn da anziehen? Kannst du mir die zwei Pickel bitte ausdrücken und wegschminken? Und zum Frisör reicht's auch nicht mehr!« Er rast ins Bad, stellt sich vor den Spiegel und findet sich total daneben.
»Sie wollen einen Jungen von dreizehn Jahren und die haben nun mal Pusteln und abstehende Ohren. Mach dich nicht verrückt und mich auch nicht. Morgen hol ich dich von der Schule ab und dann bringen wir's hinter uns. Du wirst ja nicht der Einzige sein, den sie testen.«

Moritz schläft unruhig in dieser Nacht, träumt von schwarzlockigen Sinti oder Roma, die ihn mit Posaunentönen martern, und ein Engel namens Caro trötet traurig auf der Klarinette, entschwebt auf einer weißen Wolke ins helle Firmament und kann ihm auch nicht helfen.
Der Unterricht am Freitag ist reine Folter. Die Quälerei will kein Ende nehmen, und als es endlich zum Wochenende läutet, ist Moritz gerädert wie ein Galeerensklave. Helga wartet in Werners rotem Kadett und ist nicht weniger aufgeregt als Sohnemann, spielt

aber die Coole. Bis nach Hürth brauchen sie vierzig Minuten, weil sie ständig im Freitagmittagstau stecken bleiben. Dann dauert es noch mal fünfzehn Minuten, bis Helga auf dem riesigen Gelände das richtige Gebäude gefunden hat. Ein flacher Betonklotz steht hier neben dem anderen. Alles sieht gleich aus. An allen steht »Studio ...«, mit einer Nummer, und in jedem wird pausenlos gedreht, gequizt, getalkt und gecastet. »Studio M« gehört der »Allotria«-GmbH und ist ihr Ziel. Helga bringt die Kiste heil in einer Parklücke und zum Stehen.

Am Eingang müssen sie sich in eine Liste eintragen, dann wird nach der Produktionsassistentin telefoniert. Es erscheint eine blondierte, korpulente Dame von mindestens fünfzig im Schlabberlook, über den sie eine Goldrandbrille an einem Goldbändchen baumeln lässt.

»Saworowski«, stellt sie sich vor und gibt Moritz eine weiche Hand. Helga kriegt keine.

»Angenehm«, sagt Moritz und macht einen auf gut erzogen, dann wird er abgeführt. Die überflüssige Mutter wird im Warteraum zwischengelagert.

Moritz bekommt ein Blatt Papier in die Pfote gedrückt, auf dem ein Text für »Felix« steht, den er auswendig lernen soll. Der Text lautet: »Wenn du mich verlässt und mit diesem Arschloch in die Wüste gehst, bist du nicht mehr meine Mutter! Ich verachte dich. Fass mich nicht an! Verpiss dich! Ich will dich nicht mehr sehen!« Wie sich Drehbuchschreiber die Sprache der Jugend so vorstellen. Moritz hat den Schwachsinn in zehn Minuten in der Birne. Nach 'ner halben Stunde kommt ein wunderschönes Model, pudert ihm die Nase und lispelt »jetzt geht's los!« – nimmt ihn wie ein Baby an die Hand und stakst mit ihm durch lange Gänge bis zu einer Stahltür, über der eine rote Leuchtschrift »RUHE« fordert. Sie treten ein.

So riesig hatte Moritz sich das nicht vorgestellt. Unter der Decke die langen Scheinwerferschienen, Kamerakräne und Dutzende von Leuten, die mit wichtiger Miene durcheinander wuseln. Mit einem Mal hat er Schwitzehände. »Das ist der Regisseur, Herr Wedekind.« Wedekind? War der nicht längst tot? Vielleicht ein Urenkel.

Der Urenkel beugt eine glatt rasierte Glatze zu Moritz und nölt: »Kannst du schon deinen Text?«

»Kleinigkeit«, behauptet Moritz.

»Dann stell dich mal da hin.« Von einem der vielen Wichtigtuer wird Moritz vor eine gemalte Kulisse geschoben, die eine Landschaft im Hochgebirge zeigt. »Wenn ich sage: ›Action!‹ – dann sprichst du deinen Text, ähh –«, er bekommt den Namen zugeflüstert – »Moritz, okay? Du bist wütend und beschimpfst deine Mutter, die mit einem Ganoven durchbrennen will. Hast du das verstanden?«

»Längst kapiert«, mosert Moritz und findet das ganze Drumherum reichlich übertrieben.
Scheinwerfer flammen auf und knallen ihm direkt in die Augen. »Ton ab« – »Ton läuft« – »Kamera ab« – »läuft« – dann wird eine Klappe vor seine Nase gehalten, »Felix dreizehn die erste!« – »uuuuund – action!«, schnarrt die Glatze.
»Wenn du mich verlässt und mit diesem Arschloch . . .« Moritz schleudert den idiotischen Text gegen das blendende Licht, als hätte er in seinem Leben nie was anderes gemacht, als untreue Mütter zu beschimpfen.
»Cut!«, schreit der Regiemensch und »super, Junge! Du hast wohl schon Erfahrung – was?«
»Könnte man sagen«, japst Moritz und weiß nicht, welche »Erfahrungen« der Kahlkopf nun meint.
»Kannst du das noch mal machen – ähh – Moritz?«
»Sooft Sie wollen, Chef.«
»Dann bitte von vorn«, bestimmt der Chef und bellt seine Befehle. Nach dem fünften »action« hat er genug gesehen. »Das isser doch! Genau das isser!«, brüllt er begeistert und stürmt zu Moritz hin. »Du bist echt gut, Junge – ähh – Moritz, liegst genau auf dem Typ! Den nehmen wir!«, verkündet er, »macht mir noch ’n paar Nahaufnahmen und dann kommen die Mütter dran!«
Moritz wird nachgepudert und dann von allen Seiten abgefilmt, bis er in der Hitze der Lampen dampft wie

ein Flusspferd beim Sonnenbaden. Dann wird er wieder der dicken Brillentante überantwortet, die ihn zu Helga geleitet.
»Gratuliere, Frau Seidel«, säuselt sie, »so schnell hat Wedekind sich noch nie entschieden. Sie haben einen sooo begabten Jungen! Ich will nur noch Ihre Personalien aufnehmen, dann können Sie feiern. Drehtermine faxen wir zu – so recht?« Sie zerfließt vor Fett und Freundlichkeit.
»Was für 'ne Mutter soll denn jetzt da drinnen vorsprechen?«, erkundigt sich Jungstar Moritz.
»Deine, mein Junge« wispert die Dame.
»Lass das jetzt, Moritz« bittet Helga, die schon ahnt, was er vorhat.
»Wieso ›meine‹?«, fragt Moritz unschuldig. »Meine steht hier.«
»Ja, weißt du, wir brauchen doch eine Schauspielerin, die deine Mutter darstellen soll.«
»Meine Mutter ist gelernte Schauspielerin und gelernte Mutter und kann am besten meine Mutter darstellen, weil sie meine Mutter ist.«
»Ach, ist das so?« Jetzt wird es der Brillendame peinlich.
»Helga Seidel«, stellt Helga sich vor.
»Das tut mir aber jetzt Leid«, flötet die Assistentin, »aber wir haben bereits eine Vorauswahl getroffen, und ich glaube nicht . . .«

»Schon gut«, entscheidet Helga, »er ist manchmal reichlich vorlaut.«
»Nichts ist gut!«, beharrt Moritz. Er sieht seine Mutter an und ist wild entschlossen. »Entweder sie spielt meine Mutter oder Sie können sich einen anderen Sohn suchen!«
»Aber Moritz!«, ruft Helga, »so geht das doch nicht!«
»Warum nicht? Bist du nun Schauspielerin – oder nicht? Und meine Mutter bist du sowieso schon!«
»Ja – trauen Sie sich das denn zu?«, lenkt die Dame ein.
»Gott im Himmel – das fragen Sie mich? Ich bin Profi!« Helga hat ihren Stolz entdeckt.
»Wir könnten unseren Text gemeinsam zu Hause lernen. Das machen wir schon immer so!«, trumpft Moritz auf.
»Sie spielen gemeinsam?«
»Schon Jahre lang!« Moritz sieht die Chance.
Wedekind erscheint mit einem Becher Kaffee in der Pranke. »Wo bleiben Sie – wir können.«
»Wir haben da ein kleines Problem.«
»Problem? Wo?«
»Hier«, erkühnt sich Moritz zu äußern. »Ich will den Felix nur spielen, wenn meine Mutter meine Mutter sein darf!«
»Sie ist Schauspielerin«, erklärt Dicky.
»Helga Seidel«, sagt Helga.

Der bedeutende Mann mustert die junge Frau verblüfft. »Ich kenne Sie doch irgendwoher, Frau Seidel.«
»Ja, ich habe bei Ihnen mal vorgesprochen. Für ›Die schöne Frau Seidenmann‹. Ist leider nichts draus geworden.«
»Und Sie sind die Mutter von diesem – ähh – Moritz? Begabter Junge, wirklich.«
»Sie auch«, sagt Moritz. »Sie ist sogar megabegabt! Wo soll ich's denn sonst herhaben?«
»Du bestehst also darauf?«, schmunzelt der Regieonkel.
»Eisern«, sagt Moritz eisern.
»Tja, da können wir nichts machen – nicht wahr, Samorowskichen? Wenn sie schon seine Mutter ist. Engagieren Sie die Dame.« Und laut »Feierabend für heute!«, brüllend entfernt sich der Herr ihres Schicksals.
Helga kommt nicht aus der Parklücke raus, weil sie die Augen voll Wasser hat. »Soll ich fahren?«, bietet Moritz an.
»Mein lieber junger Herr Kollege«, sagt die Mutter mit belegter Stimme, »noch gibt es ein paar Dinge, die du nicht für mich erledigen kannst.« Und startet endlich Werners alten Diesel.

Jetzt hab ich den ultimativsten Job auf Erden, Leute! Und Helga ist auch auf einen Schlag all ihre Geldsorgen los. Und zu Hause kein Sekt mehr im Kühlschrank! Ja lüg ich denn, ihr Serienkiller! »Na los doch, Mütterlein, schwing deine teuren Schauspielerinnenstelzen zu Aldi und besorg uns Schampus, aber im Eilschritt, wenn ich bitten darf!« Jetzt spiel ich hier aber mal den Chef im Haus, dass es raucht!

»Da setz ich keinen Fuß mehr rein, mein Süßer, da kannst einen drauf nehmen!« Helga ist so was von übermütig, dass es die reine Freude ist.

»Musst du aber, Mutterherz! Da gibt's den neuesten Windows-Rechner jetzt für schlappe 1300 Euro. Den könntest du mir eigentlich spendieren – jetzt, wo wir stinkereich werden!«

»Spendier ich dir.« Sie gibt ihrem Mutterherz einen Stoß, eilt mit mir zu Aldi und lädt den PC in den Einkaufswagen. An der Kasse lässt sie sich die 8% Personalrabatt noch abrechnen, zahlt mit überzogener EC-Karte und kündigt an: »Ich kündige! Fristlos, ihr Centfuchser, ihr lausigen! Und die Karre hier nehm ich mit. Zum ewigen Angedenken!« Und ich großes Kind setze mich zu meinem neuen Teil in das Wägelchen und lasse mich von einer kreischenden Helga nach Hause schippern.

In der »Eiche« wird ein Fass aufgemacht. Kölsch für alle! Helga gibt einen aus. Die Stimmung eilt von ei-

nem Trinkspruch zum nächsten Höhepunkt. Miro bekommt sein »Spezial« und kann von dem »alkfrei« um neun nicht mehr unfallfrei sprechen.

»Jetz willste sicher nich mehr hier kellnere, Mädche, wo de nu ene Star jewoode beß – ne?«, bedauert Werner.

»Euch bleib ich doch treu!«, heult Helga und ist von Bier und Rührung völlig aufgelöst.

»Schon wegen der Wohnung«, verrate ich vorlaut und mache Werner und die Senioren überglücklich. Und Igor auch.

Jetzt hocke ich in meiner Bude und bastle mir den Windows zurecht. Damit ihr bald mal was Anständiges zu lesen bekommt, ihr Volltrottel! Und dann geht's ab zu Nadine. Oder Caro. Hab ja schließlich News zu bieten, oder spinn ich? Und wenn das Elektronikteil läuft, klopfe ich euch Texte in den Speicher, dass Kafka blass wird! Wer Kafka ist? Bildet euch, ihr Lesemuffel, sonst wird nie was aus euch! So wie aus mir!

Also bis dann: Ihr lest von mir!

Caro

Draußen dämmert es bereits. Nadine thront auf ihren Kissen im Wintergarten und döst vor sich hin. Caro sitzt mit dem Rücken zu ihrer Schwester und schaut versonnen in den abendlichen Garten. Moritz steht hinter Caros Stuhl und blickt ebenso versonnen auf ihren schmalen Nacken, der von zartem Flaumhaar bewachsen ist. Keiner macht Licht. Keiner redet.

Caros Schultern sind nackt. Ihr enges Trägertop umspannt die kleinen Brüste, die wohl nie die beachtlichen Wölbungen ihrer heimlich verlobten Schwester erreichen werden. Ist ja auch nicht nötig.
In Caros nackten Schultern ist ein Magnet verborgen. Der Magnet zieht Moritz' Hände magisch an. Sie lassen sich sanft auf dem Mädchenrücken nieder und spüren brennende Haut. Moritz' Fingerspitzen streicheln über zarte Oberarme und kehren langsam zu den Schultern zurück. Dort kraulen sie schüchtern das Flaumhaar, greifen verspielt in die drahtigen Locken und sind behutsam auf Erkundungstour. Finden ihren Weg zu den Wangen, der Nasenspitze und der kühlen Stirn und nehmen bald wieder auf der Schulterhaut Platz.
Das so verwöhnte Mädchen rührt sich nicht. Weder nimmt sie Moritz' Hand in die ihre, noch verweigert sie den tastenden Fingern das hügelige Gelände, das sie nun kühn erobern. So geht das über Stunden, könnte man meinen. Und alles ist still – wie mit Zuckerwatte gedämpft.
Plötzlich kann Nadine nicht mehr an sich halten: »Nun küsst euch schon endlich!«, bricht es aus der Kissengruft heraus, »das ist ja nicht zum Aushalten, wie ihr euch anstellt!«
Aber Moritz und Caro küssen sich nicht. Bleiben weiter in ihrer Haltung hintereinander und reden keinen

Ton. Moritz möchte so bleiben, mit seinen Fingerspitzen auf Caros Haut. So möchte er stehen und spüren, wie eine wohlige Welle durch ihn hindurchströmt. Genau so möchte er verweilen sein ganzes Leben lang. Vielleicht auch länger. Wer weiß das schon.

Bin ich noch normal, Leute? Oder ist das immer so'n bescheuertes Gefühl? Muss mich total krass erwischt haben!

Zum Abschied hat mir Caro gestern Abend am Gartentörchen doch noch 'nen nassen Kuss aufgedrückt. Seitdem hab ich Hummeln im Hirn und Brausepulver im Bauch. Wälze mich die ganze Nacht wie ein Ringelwurm durchs Bettzeug und werde morgens von Engelsstimmen geweckt. Als ich runterkomme, ist's nur Helga bei ihren täglichen Stimmübungen. Ohne Frühstück schwinge ich mich aufs Rad und weiß nicht, wohin mit dem Schüttelfrost. Oder was das Ist, was so durch einen durchrieselt.

Ich bin geistig völlig weggetreten, people! Ich, euer Durchblicker-Moritz! Gegen den Nebel in meinem Kopf ist Wolke Sieben ein Tiefflieger. Ecke Liegnitzstraße/Rennbahn knalle ich volles Rohr in einen Radfahrer rein. Die Vorderräder verhaken sich und schon liegen wir beide im Gras am Straßenrand. Der andere Radfahrer ist pummelig und schwarz und heißt Philip.

»Bist wohl vom wilden Affen gebissen, du Blindfisch!« Philip zählt seine Knochen. Sie sind noch alle beieinander. Ich helfe ihm hoch. »Philip – äh – sorry, Alter, ich war echt am Träumen.«

»Träumen? Du? Da lach ich aber!«

Wir zerren unsere Drahtesel auseinander. »Was machst du denn schon so früh hier draußen?«, will ich wissen.

»Bin mit Tine . . . was geht das dich an, Blödmann?«

»Hier, das wollt ich dir wiedergeben.« Ich krame seine Klarinetten-CD aus der Vordertasche vom Sweatshirt und halt sie ihm hin. »War irre.«

»Was, der Mozart?«

»Nein – die Caro.«

»Ach die«, meint Philip und steckt die CD in die Hinterntasche. Dann glotzt er mich an. »Caro? Hat's dich endlich erwischt, Spätzünder? Ich denk, du willst von den blöden Schnepfen nix wissen!«

»Gibt Ausnahmen.«

»Ach nee. Caro is also 'ne Ausnahme."

«Für mich schon.«

»Für mich is' Tine 'ne Ausnahme.«

»Meinetwegen die auch.« Ich kann mir nicht helfen, ihr Typen: Ich muss meinem alten Kumpel kräftig auf die Schulter hauen. »Ich hab mich total dämlich benommen – stimmt's?«

»Warst'n ziemliches Arschloch.«

»Und?«, frag ich ihn. »Das mit dem Eis damals, für die Mädels, das . . .«

». . . längst gegessen«, sagt Philip und gibt mir die Hand.

»Los! Wer zuerst am Büdchen ist!«, schreie ich und düse ab.

»Ich krieg dich, Flasche!«, ruft Philip und rast hinter mir her. Und dann lasse ich ihn gewinnen.

Vor der Bude am Eingang A stehen Tine und Caro und quatschen mit dem Eismann. Sonst ist noch keiner da. Tine verpasst Philip einen Begrüßungsschmatz und Caro legt einen warmen Arm um meinen Bauch.

»Und wer ist das?«, fragt Caro.

»Das ist Philip. Mein bester Freund. Sein Vater ist Schornsteinfeger.«

»Das bringt Glück«, lächelt meine Holde.

Und da blitzt mir wieder mal 'ne super Idee durchs Hirn. »Er spielt Klarinette. In der Band von seinem Dad.«

»Was für 'ne Band?«

»Nippeser Bürgerwehr«, sagt Philip verlegen.

»Ach, Karneval!«, ruft Caro und lacht.

»Wenn du bei denen mal mitspielen würdest – die würden sich ganz dusselig freuen.« Au weia, hoffentlich hab ich die Künstlerin jetzt nicht beleidigt, freaks! Karneval ist sicher unter ihrem Niveau.

»Warum nicht? Ist bestimmt ganz lustig«, kichert meine Flamme und kuschelt sich an meine Schulter. Philip wirft mir einen dankbaren Blick zu. Hab ich doch wieder mal fein hingekriegt – oder?

»Ja, wollt ihr nich endlich mal wat bestellen?«, ruft der Eismann dazwischen.

Jetzt hab ich den Mund voll Erdbeer-Vanille und kann nicht weiter diktafonieren. Seid mir nicht böse – man muss schließlich Prioritäten setzen.

Deshalb mach ich hier erst mal Schluss, Leute! Lasst euch nicht unterkriegen.

Und tschüss – euer Moritz!

Christian Bieniek

Küss mich jetzt!

Womit fing diese superpeinliche Geschichte eigentlich an?, fragt sich Axel alias Deo. Mit Jennifers Beinen? Nadjas Lächeln? Oder mit Babyface, der Punkerin vom Essener Hauptbahnhof? Wieso, zum Kuckuck, hat er die überhaupt in die Wohnung seiner Nachbarin gelassen?
Schuld an dem ganzen Durcheinander ist jedenfalls die Tatsache, dass Deos Herz beim Anblick weiblicher Wesen total verrückt spielt und er keinen einzigen vernünftigen Satz, geschweige denn einen Kuss, über die Lippen bringt.
So schwierig kann das doch eigentlich nicht sein, oder? Aber dann kommt es doch völlig unvermutet zu einer Begegnung der männlich-weiblichen Art . . .

176 Seiten. Gebunden. Ab 13

Arena